步下红毯之后

张晓风
著

人民文学出版社
PEOPLE'S LITERATURE PUBLISHING HOUSE
本书由台北九歌出版社授权出版

著作权合同登记号　图字 01-2012-7141

图书在版编目(CIP)数据

步下红毯之后／张晓风著．—北京：人民文学出版社，2016
ISBN 978-7-02-011658-4

Ⅰ．①步…　Ⅱ．①张…　Ⅲ．①散文集-中国-当代
Ⅳ．①I267

中国版本图书馆 CIP 数据核字(2016)第 108646 号

责任编辑　陈建宾
特约策划　陶媛媛
封面设计　汪佳诗

出版发行　人民文学出版社
社　　址　北京市朝内大街 166 号
邮政编码　100705
网　　址　http://www.rw-cn.com

印　　制　山东临沂新华印刷物流集团
经　　销　全国新华书店等

字　　数　150 千字
开　　本　890 毫米×1240 毫米　1/32
印　　张　7.125
版　　次　2014 年 1 月北京第 1 版
印　　次　2016 年 7 月第 1 次印刷

书　　号　978-7-02-011658-4
定　　价　38.00 元

目录

同是今春看花人

（新版总序）

台北有一棵树，名叫鱼木，从南美洲移来的，长得硕大伟壮，有四层楼那么高，暮春的时候开一身白花。这树是日据时期种下的，算来也该有八九十岁了。

今年四月花期又至，我照例去探探她。那天落雨，我没带伞，心想也好，细雨霏霏中看花并且跟花一起淋雨，应该别有一番意趣。花树位在新生南路的巷子里，全台北就此一棵。

有个女子对面走来，看见我在雨中看花，忽然将手中一把小伞递给我，说：

“老师，这伞给你，我，就到家了。”

她虽叫我老师，但我确定她不是我学生，我的第一个反应是拒绝，素昧平生，凭什么拿人家的伞？

“不用，不用，这雨小小的。”我说。

“没事的，没事的，老师，我家真的就到了。”她说得更大声更急切，显得益发理直气壮，简直一副“你们大家来评评理”式的架势。

我忽然惊觉，自己好像必须接受这把伞，这女子是如此善良执着，拒绝她简直近乎罪恶。而且，她给我伞，背后大概有一段小小的隐情：

这棵全台北唯一的鱼木，开起来闹闹腾腾，花期约莫三个礼拜，平均每天会有一千人跑来看她，看的人或仰着头，或猛按相机，或徘徊踯躅，至于情人档或亲子档则指指点点细语温婉，亦看花，亦互看。总之，几分钟后，匆忙的看花人轻轻叹了一口气，在喜悦和怅惘中一一离去。而台北市有四百万人口，每年来看花的人数虽多，也只是二三万，算来，看花者应是少数的痴心人。

在巷子里，在花树下，痴心人逢到痴心人，大概彼此都有一份疼惜。赠伞的女子也许敬我重我，也许疼我怜我，但其中有一份情，她没说出口来，想来她应该一向深爱那棵花树，因而也就顺便爱眷在雨中痴立看花的我。

我们都是花下过客，都为一树华美芳郁而震慑而俯首，“风雨并肩处，曾是同年看花人”。

那天雨愈下愈大，我因有伞，觉得有必要多站一会，才对得起赠伞人。花瓣纷落，细香微度，我想，我还能再站一会儿。

同是今春看花人

后记：

这是一篇应出版社要求，为“老书新出”写的序，出版的地点在中国大陆，可是我不会写序，所以写出来的仍是一篇散文。偶有人问我：“为什么你在中国大陆也有读者？”我想，远方的读者应该是喜欢那些隐身在文字背后、属于古老文化中的华茂浑朴的记忆——啊！我们都是站在同一棵大树下惊艳的看花人，在同一个春天。

张晓风

二〇一二年七月

不　悔

（2007 年版序）

一

三十岁，我应邀去演讲，那天学生济济一堂，讲些什么，我现在已忘了，只记得后来有个学生提了个问题。问题内容也不全记得，记得的是他的措辞：

“请问在年轻的时候，对 × × 问题，你的看法如何？”

我愣了一下，说：

“年轻的时候？你是指我现在已经年老了吗？现在就是我年轻的时候啊！”

下面哄堂大笑。

哎，年轻的孩子未免太仗势欺人了，仗着他们自己年方二十，就把三十岁的看作“老一辈”，岁月催人老居然不够吗？还要加上人为的壁垒分明来推波助澜吗？

如今2007年了，我的三十岁、四十岁、五十岁乃至六十岁都过了，如今如果有人再问我：“当你年轻的时候……”我大概可以平心静气回答一些话了。可是，好像也不必怎么回答，作为一个书写者的好处便是，我的年轻的脉动像树干中心深浅有致的层层年轮，一层层都镌刻在文章里了。

当然，如果你要问我，那么，你终于承认你老了吗？哦，不，我会很困惑地回答你，我没老，但也不再年轻，我嘛，嗯，我正处于“某个适当的年龄”。

二

年轻的时候，老教授劝我们：“小心下笔啊！古人说‘悔其少作’，到晚年后悔就来不及了啊！”

老教授当然是好意，而我们那个时代年轻人反抗长辈的唯一方法便是闷头不吭声，然后在内心里来一段无声的“顶嘴独白”。

少作？什么叫少作？王勃死于二十六岁，他如果怕这一点，则他一辈子都不该写，因为他一生都可说很“少”。当然如果以他自己的一世作标准，则十三岁（他的中年）以后似乎便可以写了。古老时代的文化里面不免有点尊老抑少的毛病，但除非我们预知生命长度，否则也说不上什么叫“少”。而且,文章未必都是教忠教孝、经世济民的大道,未必都有哲学的、伦理的厚度,一篇文章如果只是写所见抒所感,哪里有什么悔不悔的?那些指导别人该如何唾弃某政党、追随某政党的文章,事后发现新政党更坏,原来自己害了不少人——写这种文章的人才该悔其少作。至于名满全球的画家,其老笔虽然遒劲华美,但想来他也不会为自己幼时画的一张小猫图而脸红吧?相反地如果他幼时没画那张画,现在想来画,也画不出来了。文字写作和音乐和绘画一样,作者的表现是一个一个阶段的,幼时写不出老时的练达,但老时也写不出童时的稚拙。

从大学时代第一次听到“悔其少作”,已有接近半世纪的时光了,我对自己年轻时期的作品悔不悔呢?好像没什么可悔的,旧作品就像小时候的旧照片,它跟现在的我长得不像,但毕竟,那也是我,非常真实的我。

三

在我写作历程中,因为一张“毯”竟让我两次获奖。我二十五岁时出第一本书《地毯的那一端》,翌年该书得了“中山文艺奖”。三十九岁复因《步下红毯之后》得到“国家文艺奖”。我对这一切俯首感激。总是前辈的一番黾勉之意。

近年来学校里常出现一些怪事,我称之为“自我膨胀术”。学校发一种表格,叫我们填自己“近年所获之奖项”。其实一个教授关在自己的研究室里读书,这是单纯明了的好事,“不患人之不己知,患其不能也”(《论语·宪问》)你干嘛管我得不得奖呢。仗着自己年纪大了,就直话直说也无妨,我填的资料如下:

> 该得的奖都得过了,最近没得奖,最近都在做评审委员,评审别人得不得奖。

真正的奖其实不来自奖金奖牌,而来自读者、观众或学生感激的回头一瞥。

四

大概是六十年代吧,美国有人画了一张“微笑的脸”,这个商标只是一面圆形里“两点加一弧”(两点代表眼睛,一弧代表嘴),但因专利权,他竟而致富,他的图形在处处出现。

我的书名后来也每天在报纸出现,大概大家觉得“结婚”一词太普通,因此凡有结婚之事记者总要说“步上地毯的那一端”,这词儿后来不知怎么在香港大陆也有人用,可惜我们的版权保护不力,否则我也致富了。

但想想世间事哪能计较那么多呢?天天有人结婚,结婚又必奏结婚进行曲,但作曲家门德尔松曾经得到什么呢?(按,婚礼常用曲有二,另一曲是瓦格纳所作,更为通用)门德尔松的曲子是根据莎士比亚的《仲夏夜之梦》写的,而门氏也没办法付费给早已死去的莎士比亚。莎氏的故事又是巧手编缀,把三个故事汇为一流,再自出机杼。真要计较,且事事付费,一笔账不知要怎么算了。退一步想,元曲中有“寿过颜回,饱似伯夷,闲如越范蠡”(张可久句),我比那三位先贤的命运好多了,自当谢天之恩。至于毯不毯的,由人去用吧,反正结婚这事一时不至消失,祝福那些步上红毯的好男好女。

五

检视旧作最难过的是故人刘侠已作古。但我为《闪亮的生命散文选》写的序仍见证了一段友谊。

《圣诞之拓片》一文中有几个人当时都姑隐其名,现在三十年过去了,不妨说出来吧!捐钱给穷人的人是赵滋蕃,圣诞节去看母亲的空军飞官是欧阳漪棻,他是当年曾经打下米格机的英雄。自制圣诞卡的神仙眷属是亮轩和陶晓青,他们是黑头偕老的比翼鸟。

六

这两年,出版界不知怎么回事,纷纷把19cm×13cm的书改成21cm×15cm的格局。我这本二十八年前的作品也被要求重印,重印又"被编辑规定"要再写篇新序,这一番回顾,真是令人心惊意折。秦少游根据小杜的诗,说:"十年梦,屈指堪惊。"十年就已经堪惊了,那,三十年可怎么办呢?我看,也只好算了,惊惯亦不惊,随它吧!仿如有人有阴阳眼,我辈则无,我们如果偶见一鬼,想必吓到昏厥倒地,但那惯见鬼的,好像也并不怎么样,世上事物,真可怕的并不多,包括鬼,以及疾如弹丸的岁月。

最后谢谢朱振南先生的题字和简美育女士的芙蕖图,使本书未开卷已先有香气掩至。

晓　风

二〇〇七年九月二十五日

癌手术后二年

爱情篇

（1979年版代序）

两　岸

我们总是聚少离多，如两岸。

如两岸——只因我们之间恒流着一条莽莽苍苍的河。我们太爱那条河，太爱太爱，以致竟然把自己站成了岸。

站成了岸，我爱，没有人勉强我们，我们自己把自己站成了岸。

春天的时候，我爱，杨柳将此岸绿遍，漂亮的绿绦子潜身于同色调的绿波里，缓缓地向彼岸游去。河中有萍，河中有藻，河中有云影天光，仍是国风关雎篇的河啊，而我，一径向你泅去。

我向你泅去，我正遇见你，向我泅来——以同样柔和的柳条。我们在河心相遇，我们的千丝万绪秘密地牵起手来，在河底。

只因这世上有河，因此就必须有两岸，以及两岸的绿杨堤。我不知我们为什么只因坚持要一条河，而竟把自己矗立成两岸，岁岁年年相向而绿，任地老天荒，我们合力撑住一条河，死命地呵护那千里烟波。

两岸总是有相同的风，相同的雨，相同的水位。酢酱草匀分给两岸相等的红，鸟翼点给两岸同样的白，而秋来蒹葭露冷，给我们以相似的苍凉。

蓦然发现，原来我们同属一块大地。

纵然被河道凿开，对峙，却不曾分离。

年年春来时，在温柔得令人心疼的三月，我们忍不住伸出手臂，在河底秘密地挽起。

定义以及命运

年轻的时候，怎么会那么傻呢？

对"人"的定义？对"爱"的定义，对"生活"的定义，对莫名其妙刚听到的一个"哲学名词"的定义……

那时候，老是慎重其事地把左掌右掌看了又看，或者，从一条曲曲折折的感情线，估计着感情的河道是否决堤。有时，又正正经经地把一张脸交给一个人，从鼻山眼水中，去窥探自己一生的宿命，一生的风光。

奇怪，年轻的时候，怎么什么都想知道？定义，以及命运。年轻的时候，怎么就没有想到过，人原来也可以有权不知不识而大剌剌地活下去。

忽然有一天，我们就长大了，因为爱。

去知道明天的风雨已经不重要了，执手处，张发可以为风帜，高歌时，何妨倾山雨入盏，风雨于是不重要了，重要的是找一方共同承风挡雨的肩。

忽然有一天，我们把所背的定义全忘了，我们遗失了登山指南，我们甚至忘了自己，忘了那一切，只因我们已登山，并且结庐于一弯溪谷。千泉引来千月，万窍邀来万风，无边的庄严中，我们也自庄严起来。

而长年的携手，我们已彼此把掌纹叠印在对方的掌纹上，我们的眉因为同蹙同展而衔接为同一个名字的山脉，我们的眼因为相同的视线而映出为连波一片，怎样的看相者才能看明白这样的两双手的天机？怎样的预言家才能说清楚这样两张脸的命运？

蔷薇几曾有定义，白云何所谓其命运，谁又见过为劈头迎来的巨石而焦灼的流水？

怎么会这么傻呢，年轻的时候。

从　俗

当我们相爱——在开头的时候——我们觉得自己清雅飞逸，仿佛有一个新我，自旧我中飘然游离而出。

当我们相爱时，我们从每一寸皮肤，每一缕思维伸出触角，要去探索这个世界，拥抱这个世界，我们开始相信自己的不凡。

相爱的人未必要朝朝暮暮相守在一起——在小说里都是这样说的，小说里的男人和女人一眨眼便已暮年，而他们始终没有生活在一起，他们留给我们的是凄美的回忆。

但我们是活生生的人，我们不是小说，我们要朝朝暮暮，我们要活在同一个时间，我们要活在同一个空间，我们要相厮相守，相牵相挂，于是我们放弃飞腾，回到人间，和一切庸俗的人同其庸俗。

如果相爱的结果是使我们平凡，让我们平凡。

如果爱情的历程是让我们由纵横行空的天马变而为忍辱负重行向一路崎岖的承载驾马，让我们接受。

如果爱情的轨迹总是把云霄之上的金童玉女贬为人间烟火中的

匹妇匹夫，让我们甘心。

我们只有一生，这是我们唯一的筹码，我们要合在一起下注。

我们只有一生，这是我们唯一的戏码，我们要同台演出。

于是，我们要了婚姻。

于是，我们经营起一个巢，栖守其间。

有厨房，有餐厅，那里有我们一饮一啄的牵情。

有客厅，那里有我们共同的朋友以及他们的高谈阔论。

有兼为书房的卧房，各人的书站在各人的书架里，但书架相衔，矗立成壁，连我们那些完全不同类的书也在声气相求。

有孩子的房间，夜夜等着我们去为一双娇儿痴女念故事，并且盖他们老是踢掉的棉被。

至于我们曾订下的山之盟呢？我们所渴望的水之约呢？让它等一等，我们总有一天会去的，但现在，我们已选择了从俗。

贴向生活，贴向平凡，山林可以是公寓，电铃可以是诗，让我们且来从俗。

晓　风

一九七九年七月十日

种种可爱

作为一个小市民有种种令人生气的事——但幸亏还有种种可爱，让人忍不住的高兴。

中华路有一家卖蜜豆冰的——蜜豆冰原来是属于台中的东西（木瓜牛奶也是），但不知什么时候台北也都有了——门前有一幅对联，对联的字写得普普通通，内容更谈不上工整，却是情婉意贴，令人动容。

上句是：我们是来自纯朴的小乡村。

下句是：要做大台北无名的耕耘者。

店名就叫“无名蜜豆冰”。

台北的可爱就在各行各业间平起平坐的大气象。

永康街有一家卖面的，门面比摊子大，比店小，常在门口换广告词，冬天是“100℃的牛肉面”。

春天换上“每天一碗牛肉面，力拔山河气盖世”。

这比“日进斗金”好多了，我每看一次简直就对白话文学多生出一份信心。

有一天在剧场里遇见孟瑶，请她去喝豆浆，同车去的还有俞大纲老师和陈之藩夫人，他们都是戏剧家，很高兴地纵论地方剧，忽然，那驾驶员说：

“川剧和湖北戏也都是有帮腔的呀！”

我肃然起敬，不是为他所讲的话，而是为他说话的架势，那种与一代学者比肩谈话也不失其自信的本色。

台北的人都知道自己有讲话的份，插嘴的份。

好几年前，我想找一个洗衣兼打扫的半工，介绍人找了一位洗衣妇来。

“反正你洗完了我家也是去洗别人家的，何不洗完了就替我打扫一下，我会多算钱的。”

她小声地咕哝了一阵，介绍人郑重宣布：

“她说她不扫地——因为她的兴趣只在洗衣服。”

我起先几乎大笑，但接着不由一凛，原来洗衣服也可以是一个人认真的“兴趣”。

原来即使是在“洗衣”和“扫地”之间，人也要有其一本正经的抉择——有抉择才有自主的尊严。

带一位香港的朋友坐出租车去找一个地方，那条路特别不好找，出租车驾驶找过了头，然后又折回来。

下车的时候，他坚持要扣下多绕了冤枉路的钱。

“是我看错才走错的，怎么能收你们的钱?”

后来死推活拉，总算用折衷的办法，把争执的差额付了。香港的朋友简直看得愣住了，我觉得大有面子。

祝福那位驾驶。

我家附近有一个卖水果的，本来卖许多种水果，后来改了，只卖木瓜，见我走过，总要说一句：

“老师，我现在卖木瓜了——木瓜专科。”

又过了一阵，他改口说：

“老师，现在更进步了，是木瓜大学了。”

我喜欢他那骄矜自喜的神色，喜欢他四个肤色润泽的活蹦乱跳的孩子——大概都是木瓜大学作育有功吧?

隔巷有位老太太，祭祀很诚，逢年过节总要上供，有一天，我经过她设在门口的供桌，大吃一惊，原来她上供的主菜竟是洋芋沙拉，另外居然还有罐头。

后来想，倒也发觉她的可爱，活人既然可以吃沙拉和罐头，让祖宗或神仙换换口味有何不可?

她的没有章法的供菜倒是有其文化交流的意义了。

从前,在中华路平交道口,总是有个北方人在那里卖大饼,我从来没有见过那种大饼整个一块到底有多大,但从边缘的弧度看来直径总超过二尺。

我并不太买那种饼,但每过几个月我总不放心地要去看一眼,我怕吃那种饼的人愈来愈少,卖饼的人会改行,我这人就是“不放心”。(和平东路拓宽时,我很着急,深怕师大当局一时兴起,把门口那开满串串黄花的铁刀木砍掉,后来一探还在,高兴得要命。)

那种厚厚硬硬的大饼对我而言差不多是有生命的,北方黄土高原上的生命,我不忍看它在中华路上慢慢绝种。

后来不知怎么搞的,忽然满街都在卖那种大饼,我安心了,真可爱,真好,有一种东西暂时不会绝种了!

华西街是一条好玩的街,儿子对毒蛇发生强烈兴趣的那一阵子我们常去。我们站在毒蛇店门口,一家一家地去看那些百步蛇、眼镜蛇、雨伞节……

“那条蛇毒不毒!”我指着一条又粗又大的问店员。

“不被咬到就不毒!”

没料到是这样一句回话，我为之暗自惊叹不已。其实，世事皆可作如是观，有浪，但船没沉何妨视作无浪；有陷阱，但人未失足，何妨视作坦途。

我常常想起那家蛇店。

有一天在一家公司的墙上看到这样一张小纸条：

“请随手关灯，节约能源，支援十大建设。”

看了以后，一下子觉得十大建设好近好近，好像就是家里的事，让人觉得就像自家厨房里要添抽风机或浴室里要添热水炉，或饭厅里要添冰箱的那份热闹亲切的喜气——有喜气就可以省着过日子，省得扎实有希望。

为了整修“我们咖啡屋”，我到八斗子渔港去买渔网，渔网是棉纱的，用山上采来的一种植物染成赭红色，现在一般都用尼龙的了，那种我想要的老式的棉纱渔网已成古董。

终于找到一家有老渔网的，他们也是因为舍不得，所以许多年来一直没丢，谈了半天，他们决定了价钱：

“二角三！”

二角三就是二千三百的意思，我只听见城里市面上的生意人把一万说成一块，没想到在偏僻的八斗子也是这样说的，大家说到钱的时候，全都不当回事，总之是大家都有钱了，把一万元说成一块钱的时候，颇有那种偷偷地志得意满而又谦逊不露的劲头。

有一阵子，我的公交月票掉了，还没补办好再买的手续以前，我只好每次买票——但是因为平时没养成那份习惯，每看见车来，很自然地跳上去了，等发现自己没有月票，已经人在车上了。

这种时候，车掌多半要我就便在车上跟其他乘客买票——我买了，但等我付钱时那些买主竟然都说："算了，不要钱了。"一次犹可，连着几次都是这样，使我着急起来，那么多好人，令人"无所逃于天地之间"，长此以往，我岂不成了"免费乘车良策"的发明人了，老是遇见好人也真是让人非常吃不消的事。

我的月票始终没去补办，不过却幸运地被捡到的人辗转寄回来了，我可以高高兴兴地不再受惠于人了——不过偶然想起随便在车上都能遇见那么多肯"施惠于人"的好人，可见好人倒也不少，台北究竟还是个适合人住的地方。

在一家最大规模的公立医院里，看到一个牌子，忍不住笑了起来，那牌了上这样写着：

“禁止停车，违者放气。”

我说不出的喜欢它！

老派的公家机关，总不免摆一下衙门脸，尽量在口气上过官瘾，碰到这种情形，不免要说：

“违者送警”或“违者法办”。

美国人比较干脆，只简简单单地两个大字“NO Parking”——“勿停”。

但口气一简单就不免显得太硬。

还是“违者放气”好，不凶霸不懦弱，一点不涉于官方口吻，而且憨直可爱，简直有点孩子气的作风——而且想来这办法绝对有效。

有个朋友姓李，不晓得走路的习惯是偏于内八字或外八字——总之，他的鞋跟老是磨得内外侧不一样厚。

他偶然找到一个鞋匠，请他换鞋跟，很奇怪的，那鞋匠注视了一下，居然说：“不用换了，只要把左右互调一下就是了，反正你的两块鞋跟都还有一半是好用的！”

朋友大吃一惊，好心劝告他这样处处替顾客打算，哪里有钱赚，他却也理直气壮：

“该赚的才赚，不该赚的就不赚——这块鞋底明明还能用。”

朋友刮目相看，然后试探性地问他：

“做了一辈子事，退了役还得补鞋，政府真对不起你。”

“什么？人人要这样一想还得了，其实只有我们对不起政府，政府哪有什么对不起我们的。”

朋友感动不已，嗫嗫嚅嚅地表示要送他一套旧西装（他真的怕会侮辱他），他倒也坦然接受了。

不知为什么，朋友说这故事给我听的时候，我也不觉陌生，而且真切得有如今天早晨我才看过那老鞋匠似的。

有一次在急诊室看医生救病人，病人已经昏迷了，氧气罩也没用了，医生狠劲地用一个类似皮球的东西往里面压缩氧气。

至少是呼吸系统有毛病。

两个医生轮流压，像打仗似的。

渐渐地，他清醒了，但仍说不出话来，医生只好不断发问来让他点头摇头，大概问十几个问题才碰得上一个点头的答案。

他是在路上发病的，一个亲人也没有，送他来的是一个不相干的人。

后来发现他可以写字——虽然他眼睛一直是闭着的。

医生问他的病历，问他是不是服过某些成药，问他现在的感觉，

忽然,那医生惊喜地叫了一声:

“写下去,写下去,再写!你写得真好——哎,你的字好漂亮呀!”

整个急救的过程,我都一面看一面佩服,但是当他用欢呼的声音去赞美那病人不成笔画的字的时候,我却为之感动得哽咽起来。

病人果真一路写下去。

也许那病人想起了什么,虽然闭着眼睛,躺在床上仰面而写,手是从生死边缘被救回来的颤抖不已的手——但还有人在赞美他的字!也许是颜体的,也许是柳体,也许什么都不是,只是一个活着的人写的字,可贵的是此刻他的字是“被赞美的字”。

那医生救人的技能来自课本,但他赞美病人的字迹却来自智慧和爱心,后者更足以使整个急救室像殿堂一样地神圣肃穆起来。

在澄清湖的小山上爬着,爬到顶,有点疑惑不知该走哪一条路回去,问道于路旁的一个老兵。

那人简直不会说话得出奇,他说:

“看到路——就走,看到路——就走,再看到路——再走,就到了。”

我心里摇头不已,怎么碰到这么呆的指路人!

赌气回头自己走,倒发现那人说得也没错,的确是“看到路——

就走”,渐渐地,也能咀嚼出一点那人言语中的诗意来。天下事无非如此,“看到路——就走”,哪有什么一定的金科玉律,一部二十五史岂不是有路就走——没有路就开路,原来万物的事理是可以如此简单明了——简单明了得有如呆人的一句呆话。

西谚说,把幸运的人丢到河里,他都能口衔宝物而归。我大概也是幸运的人,生活在这座城里,虽也有种种倒霉事,但奇怪的是,我记得住的而且在心中把玩不已的全是这些可爱的片断!这些从生活的渊泽里捞起来的种种不尽的可爱。

种种有情

有时候，我到水饺店去，饺子端上来的时候，我总是怔怔地望着那一个个透明饱满的形体，北方人叫它“冒气的元宝”，其实它比冷硬的元宝好多了，饺子自身是一个完美的世界，一张薄茧，包覆着简单而又丰盈的美味。

我特别喜欢看的，是捏合饺子边皮留下的指纹。世界如此冷漠，天地和文明可能在一刹那之间化为炭劫，但无论如何，当我坐在桌前，上面摆着的某个人亲手捏合的饺子，热雾腾腾中，指纹美如古陶器上的雕痕，吃饺子简直可以因而神圣起来。

“手泽”为什么一定要拿来形容书法呢？一切完美的留痕，甚至饺皮上的指纹不都是美丽的手泽吗？我忽然感到万物的有情。

巷口一家饺子馆的招牌是“正宗川味山东饺子馆”，也许是一个四川人和一个山东人合开的，我喜欢那招牌，觉得简直可以画入《清明上河图》。那上面还有电话号码，前面注着 TEL，算是有了三个英文字母，至于号码本身，写的当然是阿拉伯文，一个小招牌，能涵容了四川、山东、中文、阿拉伯(数)字、英文，不能不说是一种可爱。

校车反正是每天都要坐的，而坐车看书也是每天例有的习惯。有一天，车过中山北路，劈头栽下一片叶子，竟把手里的宋诗打得有了声音,多么令人惊异的断句法。

原来是通风窗里掉下来的,也不知是刚刚新落的叶子,还是某棵树上的树子在某时候某地方,偶然憩在偶过的车顶上,此刻又偶然掉下来的。我把叶子揉碎,它是早死了,在此刻,它的芳香在我的两掌复活,我扎开微绿的指尖,竟恍惚自觉是一棵初生的树,并且刚抽出两片新芽,碧绿而芬芳,温暖而多血,镂饰着奇异的脉络和纹路,一叶在左,一叶在右,我是庄严地合着掌的一截新芽。

二年前的夏天,我们到堪萨斯去看朱和他的全家——标准的神仙眷属,博士的先生,硕士的妻子,数目"恰恰好"的孩子,可靠的年薪,高尚住宅区里的房子,房子前的草坪,草坪外的绿树,绿树外的蓝天……

临行,打算合照一张,我四下浏览,无心地说:

"啊,就在你们这棵柳树下面照好不好?"

"我们的柳树?"朱忽然回过头来,正色的说,"什么叫我们的柳树?我们反正是随时可以走的!我随时可以让它不是'我们的柳树'。"

一年以后,他和全家都回来了,不知堪萨斯城的那棵树如今属于谁——但朱属于这块土地,他的门前不再有柳树了,他只能把自己栽成这块土地上的一片绿意。

春天，中山北路的红砖道上有人手拿着用粗绒线做的长腿怪鸟在兜卖，风吹着鸟的瘦胫，飘飘然好像真会走路的样子。

有些外国人忍不住停下来买一只。

忽然，有个中国女人停了下来，她不顶年轻，大概三十左右，一看就知是由于精明干练日子过得很忙碌的女人。

“这东西很好，”她抓住小贩，“一定要外销，一定赚钱，你到××路××巷×号二楼上去，一进门有个×小姐，你去找她，她一定会想办法给你弄外销！”

然后她又回头重复了一次地址，才放心走开。

台湾怎能不富？连路上不相干的路人也会指点别人怎么做外销。其实，那种东西厂商也许早就做外销了，但那女人的热心，真是可爱得紧。

暑假里到中部乡下去，弯入一个叉道，在一棵大榕树底下看到一个身架特别小的孩子，把几根绳索吊在大树上，他自己站在一张小板凳上，结着简单的结，要把那几根绳索编成一个网花盆的吊篮。

他的母亲对着他坐在大门口，一边照顾着杂货店，一边也编着美丽的结，蝉声满树，我停下来搭讪着和那妇人说话，问她卖不卖，她告诉我不能卖，因为厂方签好契约是要外销的。带路的当地朋友说他们全是不露声色的财主。

我想起那年在美国逛梅西公司，问柜台小姐那架录音机是不是台湾做的，她回了一句：

“当然，反正什么都是从日本跟台湾来的。”

我一直怀念那条乡下无名的小路，路旁那一对富足的母子，以及他们怎样在满地绿荫里相对坐编那织满了蝉声的吊篮。

我习惯请一位姓赖的油漆工人，他是客家人，哥哥做木工，一家人彼此生意都有照顾。有一年我打电话找他们，居然不在，因为到关岛去做工程了。

过了一年才回来。

“你们也是要三年出师吧。”有一次我没话找话跟他们闲聊。

“不用，现在两年就行。”

“怎么短了？”

“当然，现代人比较聪明！”

听他说得一本正经，顿时对人类前途都觉得乐观了起来，现代的学徒不用生炉子，不用倒马桶，不用替老板娘抱孩子，当然两年就行了。

我一直记得他们一口咬定现代人比较聪明时脸上那份有尊严的笑容。

老王是一个包工工头,圆滚滚的身材加上圆头圆脸圆眼睛——甚至还有个圆鼻子。

可是我一直觉得他简直诗意得厉害。

一张估价单,他也要用毛笔写,还喜欢盯着人问:“怎么? 这笔字不顶难看吧?”

碰到承包大工程,他就要一个人躲到乌来去,在青山绿水之间仔细推敲工和料的盈亏。

有一次,偶然闲谈,他兴高采烈地提到他在某某地方做过工程。那是一个军事单位。

“有人说那里有核子弹,你看到没有?”

“当然有!”

“有,又怎么会让你看见?”我笑了起来。

“老实说,我也没看见,”他也笑了起来,不过仍是理直气壮的,“不过,有,我也说有,没有,我也说有,反正我就是硬要说它有。我们做老百姓的就是这样。”

有没有核子弹忽然变得不重要,有老王这样的人才是件可爱的事。

学校下面是一所大医院，黄昏的时候，病人出来散步，有些探病的人也三三两两的散步。

那天，我在山径上便遇见了几个这样的人。

习惯上，我喜欢走慢些去偷听别人说话。

其中有一个人，抱怨钱不经用，抱怨着抱怨着，像所有的中老年人一样，话题忽然就回到四十年前一块钱能买几百个鸡蛋的老故事上去了。

忽然，有一个人憋不住地叫了起来：

“你知道吗，抗战前，我念初中，有一次在街上捡到一张钱，哎呀，后来我等了一个礼拜天，拿着那张钱进城去，又吃了馆子，又吃了冰淇淋，又买了球鞋，又买了字典，又看了电影，哎呀，钱居然还没有花完呐……”

山径渐高，黄昏渐冷。

我驻下脚，看他们渐渐走远，不知为什么，心中涌满了对黄昏时分霜鬓的陌生客的关爱，四十年前的一个小男孩，曾被突来的好运弄得多么愉快，四十年后山径上薄凉的黄昏，他仍然不能忘记……不知为什么，我忽然觉得那人只是一个小男孩，如果可能，我愿意自己是那掉钱的人，让人世中平白多出一段传奇故事……

无论如何，能去细味另一个人的惆怅也是一件好事吧。

元旦的清晨，天气异样的好，不是风和日丽的那种好，是清朗见底毫无渣滓的一种澄澈。我坐在出租车上赶赴一个会，路遇红灯时，车龙全停了下来，我无聊地探头窗外，只见两个年轻人骑着机车，其中一个说了几句话，忽然兴奋地大叫起来："真是个好主意啊！"我不知他们想出了什么好主意，但看他们阳光下无邪的笑脸，也忍不住跟着高兴起来，不知道他们的主意是什么主意，但能在偶然的红灯前遇见一个以前没见过以后也不会见到的人真是一个奇异的机缘。他们的脸我是记不住的，但那不重要，重要的是我记得他们石破天惊的欢呼，他们或许去郊游，或许去野餐，或许去访问一个美丽的笑面如花的女孩，他们有没有得到他们预期的喜悦，我不知道，但至少我得到了，我惊喜于我能分享一个陌路的未曾成形的喜悦。

有一次，路过香港，有事要和乔宏的太太连络，习惯上我喜欢凌晨或午夜打电话——因为那时候忙碌的人才可能在家。

"你是早起的还是晚睡的？"

她愣了一下。

"我是既早起又晚睡的,孩子要上学,所以要早起,丈夫要拍戏,所以要晚睡——随你多早多晚打来都行。"

这次轮到我愣了,她真厉害,可是厉害的不止她一个人。其实,所有为人妻为人母的大概都有这份本事——只是她们看起来又那样平凡,平凡得自己都弄不懂自己竟有那么大的本领。

女人,真是一种奇怪的人,她可以没有籍贯、没有职业,甚至没有名字地跟着丈夫活着,她什么都给了人,她年老的时候拿不到一文退休金,但她却活得那么劲头,她可以早起可以晚睡,可以吃得极少,可以永无休假地做下去。她一辈子并不清楚自己是在付出还是在拥有。

资深主妇真是一种既可爱又可敬的角色。

文艺会谈结束的那天中午,我因为要赶回宿舍找东西,午餐会上迟到了三分钟,慌慌张张地钻进餐厅,席次都坐好了,大家已经开始吃了,忽然有人招呼我过去坐,那里刚好空着一个座位,我不加考虑地就走过去了。

等走到面前,我才呆了,那是谢东闵主席右首的位置,刚才显然是由于大家谦虚而变成了空位,此刻却变成了我这个冒失鬼的位子,我浑身不自在起来,跟"人官"一起总是件令人手足无措的事。

忽然，谢主席转过头来向我道歉：

“我该给你夹菜的，可是，你看，我的右手不方便，真对不起，不能替你服务了。你自己要多吃点。”

我一时傻眼望着他，以及他的手，不知该说什么。那只伤痕犹在的手忽然美丽起来，炸得掉的是手指，炸不掉的是一个人的风格和气度。我拼命忍住眼泪，我知道，此刻，我不是坐在一个“大官”旁边，而是一个温煦的“人”的旁边。

经过火车站的时候，我总忍不住要去看留言牌。

那些粉笔字不知道铁路局允许它保留半天或一天，它们不是宣纸上的书法，不是金石上的篆刻，不是小笺上的墨痕，它们注定立刻便要消逝——但它们存在的时候，它是多好的一根丝绦，就那样绾住了人间种种的牵牵绊绊。

我竟把那些句子抄了下来：

缎：久候未遇，已返，请来龙泉见。

春花：等你不见，我走了（我二点再来）。荣。

展：我与姨妈往内埔姐家，晚上九时不来等你。

每次看到那样的字总觉得好，觉得那些不遇、焦灼、愚痴中也自有一份可爱。一份人间的必要的温度。

还有一个人，也不署名，也没称谓，只扎手扎脚地写了“吾走矣”三个大字，板黑字白，气势好像要突破挂板飞去的样子。也不知道究竟是写给某一个人看的，还是写给过往来客的一句诗偈，总之，令人看得心头一震！

《红楼梦》里麻鞋鹑衣的疯道人可以一路唱着《好了歌》，告诉世人万般“好”都是因为“了断”尘缘，但为什么要了断呢？每次我望着大小驿站中的留言牌，总觉万般的好都是因为不了不断，不能割舍而来的。

天地也无非是风雨中的一座驿亭，人生也无非是种种羁心绊意的事和情，能题诗在壁总是好的！

春之怀古

春天必然曾经是这样的：从绿意内敛的山头，一把雪再也撑不住了，噗嗤的一声，将冷脸笑成花面，一首澌澌然的歌便从云端唱到山麓，从山麓唱到低低的荒村，唱入篱落，唱入一只小鸭的黄蹼，唱入软溶溶的春泥——软如一床新翻的棉被的春泥。

那样娇，那样敏感，却又那样浑沌无涯。一声雷，可以无端地惹哭满天的云，一阵杜鹃啼，可以斗急了一城杜鹃花。一阵风起，每一棵柳都吟出一则则白茫茫、虚飘飘说也说不明、听也听不清的飞絮，每一丝飞絮都是一株柳的分号。反正，春天就是这样不讲理、没逻辑，而仍可以好得让人心平气和。

春天必然曾经是这样的：满塘叶黯花残的枯梗抵死苦守一截老根，北地里千宅万户的屋梁受尽风欺雪凌犹自温柔地抱着一团小小的空虚的燕巢。然后，忽然有一天，桃花把所有的山村水廓都攻陷了。柳树把皇室的御沟和民间的江头都控制住了——春天有如旌旗鲜明的王师，因长期虔诚的企盼祝祷而美丽起来。

而关于春天的名字，必然曾经有这样的一段故事：在《诗经》之前，在《尚书》之前，在仓颉造字之前，一只小羊在啮草时猛然感到的多汁，一个孩子在放风筝时猛然感觉到的飞腾，一双患风痛的腿在猛然间感到的舒活，千千万万素手在溪畔在塘畔在江畔浣纱的手所猛然感到的水的血脉……当他们惊讶地奔走互告的时候，他们决定将嘴噘成吹口哨的形状,用一种愉快的耳语的声量来为这季节命名——“春”。

鸟又可以开始丈量天空了。有的负责丈量天的蓝度,有的负责丈量天的透明度,有的负责用那双翼丈量天的高度和深度。而所有的鸟全不是好的数学家,他们吱吱喳喳地算了又算,核了又核,终于还是不敢宣布统计数字。

至于所有的花,已交给蝴蝶去点数。所有的蕊,交给蜜蜂去编册。所有的树,交给风去纵宠。而风,交给檐前的老风铃去一一记忆、一一垂询。

春天必然曾经是这样的,或者,在什么地方,它仍然是这样的吧?穿越烟囱和烟囱的黑森林,我想走访那踯躅在湮远年代中的春天。

花之笔记

我喜欢那些美得扎实厚重的花，像百合、荷花、木棉，但我也喜欢那些美得让人发愁的花、特别是开在春天的、花瓣儿菲薄菲薄，眼看着便要薄得没有了的花，像桃花、杏花、李花、三色堇或波斯菊。

花的颜色和线条总还比较“实”，花的香味却是一种介乎“虚”“实”之间的存在。有种花，像夜来香，香得又野又蛮，的确是“花香欲破禅”的那种香法，含笑和白兰的香是荤的，茉莉是素的，素得可以入茶的，水仙更素，一株水仙的倒影简直是一块明矾，可以把一池水都弄得干净澄澈。

栀子花和木本珠兰的香总是在日暖风和的时候才香得出来，所以也特别让人着急，因为不知道什么时候就没有了。

树上的花是小说，有枝有干地攀在纵横交叉的结构上，俯下它漫天的华美，“江边一树垂垂发”、“黄四娘家花满蹊，千朵万朵压枝低”，那里面有多层次、多角度的说不尽的故事。

草花是诗，由于矮，像是刚从土里蹦上来的，一种精粹的、鲜艳的、凝聚的、集中的美。

散文是爬藤花，像九重萝、荼靡、紫藤、茑萝，乃至牵牛花和丝瓜花、扁豆花，都有一种走到哪里就开到哪里的浑洒。爬藤花看起来漫不经心，等开完了整个季节之后回头一看，倒也没有一篇是没有其章法的——无论是开在疏篱间的，泼撒在花架上的，哗哗地流下瓜棚的,或者不自惜地淌在坡地上的,乃至于调皮刁钻爬上老树、把枯木开得复活了似的……它们都各有其风格,真的,丝瓜花有它自己的文法,牵牛花有它自己的修辞。

如果有什么花可以称之为舞台剧的,大概就是昙花了吧。它是一种彻底的时间艺术,在丝帷的开合间即生而即死,它的每一秒钟都在“动”,它简直严格地遵守着古典戏剧的“三一律”——“一时”、“一地”、“一事”。使我感动的不是那一夕之间偶然白起来的花瓣,也不是那偶然香起来的细蕊,而是那几乎听得见的砰然有声的拆展的过程。

文学批评如果用花来比喻,大概可以像仙人掌花,高大吓人,刺多花少,却大剌剌地像一声轰雷似的拔地而起——当然,好的仙人掌花还是漂亮得要命的。

水生花的颜色天生的好,是极鲜润的泼墨画,水生花总是使人惊讶,仿佛好得有点不合常理。大地上有花已经够好了,山谷里有花已经够好了,居然水里也冒出花来,简直是不可信。可是它又偏着了邪似的在那里。水生花是荷也好,睡莲也好,水仙也好,白得令人手脚无措的马蹄莲也好,还有一种紫簌簌的涨成满满一串子的似乎叫做布袋莲的也好,都有一种奇怪的特色:它们不管开它几里地,看起来每朵却都是清寂落寞的,那种伶伶然的仿佛独立于时间空间之外的悠远,水生花大概原来是一阕属于婉约派的小词吧,在管弦触水之际,偶然化生而成的花。

不但水生花,连水草像蒹葭,像唐菖蒲,像芦苇,都美得令人发愁,一部《诗经》是从一条荇菜参差水鸟合唱的水湄开始的——不能想了,那样干干净净的河,那样干干净净的水,那样干干净净的草,那样干干净净的古典的爱情——不能想了,想了让人有一种身为旧王族被放逐后的悲恸。

我们好像真的就要失去水了——干净的水——以及水中的花。

一到三月,校园里一些熬耐不住的相思树就哗然一声把那种柔黄柔黄的小花球在一夜之间全部释放了出来。四月以后,几乎所有的树都撑不住了,索性一起开起花来,把一整年的修持都破戒了!

我一向喜欢相思树,不为那名字而是为那满树细腻的小叶子,一看到那叶子就想到"不知细树谁裁出,二月春风似剪刀"的句子。

相思树的花也细小,简直有点像是不敢张扬的意思,可是整球整球的看去,整树整树的看去,仍然很华艳逼人。

跟儿子聊天,他忽然说:

“我们班上每个人都像一种花。”

“谢婉贞是哪一种?”

谢婉贞是他觉得最不同凡俗的一个女孩。

“她是荷花。”

“为什么?”

“因为一个夏天都是又新鲜又漂亮的。”

“那你自己呢?”

“我是玫瑰,”停了一下他解释说,“因为到死都是香的。”

这样的以香花自喻,简直是屈原,真是出语惊人!

春天,我总是带小女儿去看令人眼花的杜鹃。

她还小,杜鹃对她而言几乎是树。

她不太专心看花,倒是很专心地找那种纺锤形的小蓓蕾,找到了就大叫一声:

“你看,花 baby!”

她似乎只肯认同那些“花婴”,她不厌其烦地沿路把那些尚未启封的美丽一一灌注上她的欢呼!

旅行美国,最喜欢的不是夏威夷,不是佛罗里达,不是剧场,不是高速公路或迪士尼乐园,而是荒地上的野花。

在亚利桑那，高爽的公路上车行几小时，路边全是迤逦的野花，黄粲粲的一径开向天涯，倒教人怀疑那边种的是一种叫做“野花”的农作物，野牛和印第安人像是随时会出现似的。

多么豪华的使用土地的方法！不盖公寓，不辟水田，千里万里的，只交给野花去大展宏图。

在芝加哥，朋友驱车带我去他家，他看路，我看路上的东西。

“那是什么花？”

“不知道。”

“那种鸟呢？”

“不知道，我们家附近多的是。”

他兴匆匆地告诉我，一个冬天他是怎样被大雪所困，回不了家，在外面住了几天旅馆，又说 Sears Tower 怎样比纽约现有的摩天大楼都高一点。

可是，我固执地想知道那种蓝紫色的、花瓣舒柔四伸如绢纱的小花。

我愈来愈喜欢这种不入流的美丽。

一路东行，总看到那种容颜。终于，在波士顿，我知道了它的名字，“蓝水手”，Blue Sailor。

像一个年轻男孩，一旦惊讶于一双透亮的眼睛，便忍不住千方百计去知道她的名字——知道了又怎样，其实仍是一样，只是独坐黄昏时，让千丝万缕的意念找到一个虚无的、可供挂迹的枝柯罢了。

知道你自己所爱的一种花，岁岁年年，在异国的蓝空下安然地开着，虽不相见，也有一份天涯相共的快乐。

《诗经》有一个别名，叫做“葩经”，使我觉得桌上放一部《诗经》简直有一种破页而出的馥馥郁郁的香气。

中学在南部念书，校园大，每个学生都分了一块地来种，那年我们种豇豆。

不知为什么，小小的田里竟长出了一朵小野菊——也许它的前身就跟豇豆的前身同在一片田野，收种子的时候又仍然混在一起，所以不经意时也就播在一起。也许是今春偶过的风，带来偶然的一抹色彩。

后来，老师要我们拔野草，我拔了。

“为什么不拔掉那棵草？”

“它不是草，”我抗议，“它是一朵小野菊。”

“拔掉，拔掉。”他竟然动手拔掉了它，“你不知道什么叫草——不是你要种的东西就是草。”

我是想种豇豆吗？不，我并没有要种豇豆，我要种的只是生命。

许多年过去了，我仍然记得那丛被剥夺了生存权的小野菊。

是花，而被种在菜圃里，或者真是不幸的。

有一种花，叫爆仗花，我真喜欢那名字——因为有颜色，有声音，而且还几乎是一种进行式的动词。

那种花，香港比较多见，属于爬藤类，花不大，澄黄澄黄的，仿佛千足的金子，开起来就狠狠地开满一架子，真仿佛屋子里有什么喜事，所以那样一路劈哩啪啦、声势壮烈地燃响那欢愉的色彩。

还有一种花的花名也取得好。叫一丈红，很古典，又很泼悍。

其实那花倒也平常，只是因为那么好的名字，看起来只觉得是一柱仰天窜起的红喷泉，从下往上喷，喷成一丈，喷成千仞，喷成一个人想象的极限。

有些花，是只在中国语文里出现、而在教科书里却不成其为花的，像雪花、浪花。

所有的花都仰面而开，唯独雪花俯首而开，所有的花都在泥土深处结胎，雪花却在天空的高处成孕。雪花以云为泥，以风为枝桠，只开一次，穿过万里寒冷，单单地要落在一个赶路人温暖的衣领上，或是一个眺望者朦亮的窗纸上，只在六瓣的秩序里美那么一刹，然后，回归为半滴水，回归入土。

浪花只开在海里，海不是池塘，不能滋生大片紫色的、白色的、粉色的花，上帝就把浪花种在海里，海里每一秒钟都盛开着浪花。

有什么花能比浪花开得更巨大，更泼旺？那样地旋开旋灭，那样地方生方死——却又能四季不凋，直开到地老天荒。

人站在海边，浪就像印度女子的佩然生响的足环，绕着你的脚踝而灿然作花。

有人玩冲浪，看起来整个人都开在花心里，站在千丝万绪的花蕊里。

把浪说成花，只有中国语文才说得那么好吧！

我讨厌一切的纸花、缎带花和塑胶花，总觉得那里面有一种越份，一种亵渎。

还有一种“干花”，脱了水，苍黄古旧，是一种花中的木乃伊，永远不枯，但常年放在案头，让人觉得疲倦不堪。不知为什么，因为它永远不死，反而让你觉得它似乎从来没有光灿生猛地活过。

我只愿意爱鲜花，爱那明天就握不住的颜色、气息和形状——由于它明天就要消失了，所以我必须在今天用来不及的发去爱它。我要好好地注视它,它的每一刹那的美其实都是它唯一一次的美,下一刹,或开或合,它已是另一朵了。

我对鲜花的坚持,遇见玻璃花便破例了;哈佛的陈列室里有一屋子的玻璃花,那么纤柔透明——也许人造花做得极好以后就有一种近乎泄漏天机的神秘性。

也许我爱的不是玻璃花,而是那份已成绝响的艺术,那些玻璃花是一对父子做的,他们死后就失传了——花做得那么好当然也不是传得下来的。

我真的不知道我是爱上那做得特别好的晶莹得虚幻的花,还是爱那花后面的一段寂寞的故事。

我爱花,也许不完全是爱花的本身,爱的是那份乍然相见的惊喜。

有一次,去海边,心里准备好是要去看海的,海边有一座小岩岬,我们爬上去,希望可以看得更远,不料石缝里竟冷不防地冒出一丛百合花来,白喷喷的。

整个事情差不多有点不讲理,来海边当然是要看海捡贝壳的,没有谁想看花,可是意外地遇上了花,不看也不忍心。

自己没有工作进度表,也不管别人的旅游日程——那朵花的可爱全在它的不讲道理。

我从来不能在花展中快乐，看到生命那么规矩地站在一列列的瓶瓶罐罐里，而且很合理地标上身价，就让我觉得丧气。

听说有一种罐头花，开罐后几天一定开花，那种花我还没有看已经先发腻了。

生命不该充满神秘的未知吗？有大成大败、大喜大悲不是才有激荡的张力吗？文明取走了莳花者犯错误的权利，而使得他的成功显得像一团干蜡般的无味。

我所梦想的花是那种可以猛悍得在春天早晨把你大声喊醒的栀子，或是走过郊野时闹得人招架不住的油菜花，或是清明节逼得雨中行人连魂梦都走投无路的杏花，那些各式各流的日本花道纳不进去的、市价标不出来的、不肯许身就范于园艺杂志的那一种未经世故的花。

让大地是众水浩森中浮出来的一项意外，让百花是莽莽大地上扬起来的一声欢呼！

花之在野党

有一种紫红色的山花，五瓣，开起来有拳头大，平平的钟面似的圆,黄蕊纷纷,简单的构图让人一览无遗。整个四月和五月,从我研究室的北窗望去,它深情地一径紫着,在岩缝里也能开,我有时简直不免敬畏起来。可惜它既没有东坡笔下石榴花委委曲曲的千重幽婉,也没有林和靖诗中疏影横斜的梅花风度。完全是一种土里土气的在野之身。

花叶是简单的橄榄形,上面有几条经线,初看时吓一跳,因为觉得面熟极了,细怿起来,不禁失笑,原来它太像画好经线还没有着上纬线的地球,所不同的是地球扁而此叶长就是了。所谓一花一世界,一叶里大概也真有一地球吧!

它叫什么花,我也不知道,只知道春来的时候,它在每条山径上都泼皮得势,谁也不管它,除了偏宠溪山的春风。

可是,四月里,忽然有一天,好喝酒的校工不知怎么想起来竟折了一大把,乱插在一只红标米酒的瓶子里,我着实愣住了。想起苏东坡形容自己酒后写草书的境界,说:"觉酒气拂拂自十指间出",初看此花插在瓶里,竟也觉得是一片淡红的村酒拂拂然升自罍中幻化而成的。浓酡的颜色,醉结成一种不经心的美丽。

以后在山前山后再看到那种花,只觉无限乡情,我姑且称它为花之在野党吧!

白木莲

有一年，我答应了东海和中兴的演讲，在五月。

放下长途电话，令我惊诧不敢置信的是，眼前竟然那么准确而强烈地浮起那种叫做“白木莲”的花，开在东海校长花园里的。

我忽然明白，我为什么答应邀约，原来我仍在秘密地渴念着那花，原来我一直没有忘记它，原来我奔驰一百多公里的路只为去看那一树白木莲。

白木莲也叫洋玉兰，似乎有时候也叫木笔或辛夷，不过我喜欢白木莲那名字，仿佛让人觉得那里面有一则故事。也许是在很久很久以前，也许是由于一种特别的悲悯，一株白莲花从遥远的水泽中走上来，走到泥土上来。泥土上没有一茎亭亭的莲，泥土上只有人，人是一种“两茎的莲”，它喜欢这种两茎的莲，便留在地上，寄身在一株树中，于是成了一种奇异的木本莲花。

白木莲极大，极白，极厚，极香，而又极灵秀，树总是长得高挺，花也总是开在高处，让看花人必须稍稍仰视的那个角度。

树叶是浓得要凝固的暗绿色，越发衬得那花像一个个浪花漩成的水涡，风过时，你会觉得那树是一面直立的洛水，宓妃刚凌波而去，留下的是一片白粲粲的屐痕，屐痕是漩涡，屐痕是莲。

晚上,厚韧的白花瓣合起,禁锢起它神圣的香气,像一颗漂亮的树的心脏,安舒地悬着,安静地脉搏着,安静地一径美丽着。

能隔着魂思梦想的距离远远地去爱恋那样一种花,对我而言,是一种奇异的幸福。

凤凰花

凤凰花是一种好得你绝对绝对不可以信以为真的那种花。每次正面看一棵凤凰树,我都忍不住回头再看一眼——看它还在不在那里——我觉得它是可能随时不存在的,及至看到它真的在那里,我竟会手足无措起来。

“怎么办呢?”我着急地叨念着,“怎么办呢?凤凰树一棵棵都红成这个样子!”

某些太美的东西每令我惶然,因为美把固着呆滞的生活秩序打断了,美让人着急不安,不知如何自处。

看凤凰花非得有一种老僧面壁寂然不动的定力不可,否则真会走火入魔。凤凰花开到饱和的时候,树上一片红海,树下一片红塘,风过时,上下红波红浪之间还有一串串落花如散丝红瀑布。

“怎么办呢?”

一直等到夏天老去，所有的红花都磨成了一柄一柄青匕首似的长豆荚，那样证据确凿地悬在影影绰绰的碎叶间，但不知为什么，你仍然半信半疑，仍然不能确定，它曾经是花。

珍珠玫瑰

那种小花，我只看过一次。

那时我刚生完小男孩，躺在床上，心中常有一丝怅然，每每，我倚在后廊上俯看邻家院落里开得粉团粉团的大堆杜鹃。

有个小女孩——我们都喊她小燕子——来看我，那天她跑来，抖开手帕，将一把小花散在我的床头。

“这叫珍珠玫瑰，你看，多小。”

真是小极了，一粒粒又圆又白竟跟珍珠完全一样，不同的是，它是花，有着花的潮润清凉的体温，以及花的幽幽细细的香息。

“我偷来的，”小燕子说，“我早就想偷了，你知道吗？那家人有个好大好深的院子啊，我每次经过都想偷花，今天正好，大门是开的，我跑进去，一看没人，赶快就摘了一把。”

她跑得气喘吁吁的，我想骂她，又骂不出口，其实，她倒也不必跑，那样小的小女孩就算让花主人逮住了，恐怕也要忍不住多送她一把花吧?

她把珍珠玫瑰悄悄放在婴儿脸旁,高兴地笑起来。

“你看,这花简直就是小婴孩的花,这么小,我喜欢小花,小得让人心都要碎了。”

孩子正睡着,那奇异的小种玫瑰在枕前白着,我静静地看着花和婴孩。

小燕子形容的那个深宅大院,我一直不愿意去探看,我不愿意知道它的门牌,当我一旦知道它在那里,等它不在那里的时候,它便消失了。我要那栋深宅大院在我心里,永不拆除,永不翻造,藤萝一直攀爬着,花一直开着,薰风一直吹着……

小燕子终于长大了,嫁了人,住在加州。

小男孩也长大了,没有谁记得一种叫珍珠玫瑰的小花。

只是我想起来,仍觉一丝怅然。

芒果树

要相信芒果树新吐的鲜润的沉红的叶子不是花,真得要花很大的力气说服自己。

那些新叶子总是柔软而充血,很抢眼地挂在老叶子前面,走过南部的小城小乡，那种树一丛一丛冒到眼里来，每一次，你都忍不住要说：

“芒果树开花了！好红的花！”

于是有人好意地提醒你：

“不是，那是新抽的叶子！”

你不服气，实在应该是花，那么漂亮强壮的肝红。

记忆里屏东老宅的芒果树简直就是一种香料树，高大轩昂，交枝错叶，热闹喧嚣像旧式的大家族。而成嘟成串的果实从来没有把它压矮过，那黄熟圆浑的神迹挂满一树，它却自自然然地仿佛什么事都没有发生过。叶生叶老，花繁花谢，果实成熟，果实摘空，炎夏的风，翻遍每一片叶子去寻找生命的潮汐，而芒果树只是芒果树，什么都发生过了，什么都没发生，所有的只是一点点果实摘后的旧蒂痕。

或花或叶或果，或不花或不叶或不果，芒果树一直是我心头的一株漂亮的花树。

步下红毯之后

楔 子

妹妹被放下来，扶好，站在院子里的泥地上，她的小脚肥肥白白的，站不稳。她大概才一岁吧，我已经四岁了！

妈妈把菜刀拿出来，对准妹妹两脚中间那块泥，认真而且用力的砍下去。

"做什么？"我大声问。

"小孩子不懂事！"妈妈很神秘地收好刀，"外婆说的，这样小孩子才学得会走路，你小时候我也给你砍过。"

"为什么要砍？"

"小孩子生出来，脚上都有脚镣锁着，所以不会走路，砍断了才走得成路。"

"我没有看见，"我不服气地说，"脚镣在哪里？"

"脚镣是有的，外婆说的，你看不见就是了！"

"现在断了没？"

"断了，现在砍断了，妹妹就要会走路了。"

妹妹后来当然是会走路了，而且，我渐渐长大，终于也知道妹妹会走路跟砍脚镣没有什么关系，但不知为什么，那遥远的画面竟那样清楚兀立，使我感动。

也许脚镣手铐是真有的，做人总得冲，总得顿破什么，反正不是我们壮硕自己去撑破镣铐，就是让那残忍的钢圈箍入我们的皮肉。

是暮春还是初夏也记不清了，我到文星出版社的楼上去，萧先生把一份契约书给我。

“很好，”他说，他看来高大、精细、能干，“读你的东西，让我想到小时候念的冰心和泰戈尔。”

我惊讶得快要跳起来，冰心和泰戈尔，这是我熟得要命、爱得要命的呀！他怎么会知道？我简直觉得是一份知遇之恩，《地毯的那一端》就这样卖断了，扣掉税我只拿到二千多元，但也不觉得吃了亏。

我兴匆匆地去找朋友调色样，我要了紫色，那时候我新婚，家里的布置全是紫色，窗帘是紫的，床罩是紫的，窗棂上的珊瑚藤是紫的，那紫色漫溢到书页上，一段似梦的岁月。那是个漂亮的阳光昼日，我送色样到出版社去，路上碰到三毛，她也是去送色样的，她是为男友舒凡的书调色，调的是草绿色，或说是酪梨绿，我也喜欢那颜色。那天下午的三毛真是美丽，因为心中有爱情，手中有颜色。我趋前谢谢她，因为不久前她为我画了一幅婚礼上的签名绸，画些绝美的牡丹。

出书真是件兴奋的事，我们愉快地将生命中的一抹色彩交给了那即将问世的小册子。

“我们那时候一齐出书，”有一次康芸薇说，“文星宣传得好大呀，放大照都挂出来了。”

那事我倒忘了，经她一提，想想好像真有那么回事，并且是摄影家柯锡杰照的。奇怪的是我虽不怎么记得照片的事，却记得自己常常下了班，巴巴地跑到出版社楼上，请他们给我看新书发售的情形。

“谁的书比较好卖？”其实书已卖断，销路如何跟我已经没有关系。

“你的跟叶珊的。”店员翻册子给我看，叶珊就是后来的杨牧。

我拿过册子仔细看，想知道到底是叶珊卖得多，还是我——我说不出那是痴还是幼稚，那时候成天都为莫名其妙的事发急发愁，年轻大概就是那样。

那年十月，“幼狮文艺”的朱桥寄了一张庆典观礼券给我，我去了。丈夫也有一张票，我们的座位不同区，相约散会的时候在体育场门口见面。

我穿了一身洋红套装，那天的阳光辉丽，天空一片艳蓝，我的位置很好，“国军运动会”的表演很精采，想看的“总统”又近在咫尺，而丈夫，在场中的某个位子上，我们会后会相约而归，一切正完美晶莹，饱满无憾……

但是，忽然，我的泪水夺眶而出，我想起了南京……

不是地理上的南京，是诗里的，词里的，魂梦里的，母亲的乡音里的南京（母亲不是南京人，但在南京读中学），依稀记得那些名字，玄武湖、明孝陵、鸡鸣寺、夫子庙、秦淮河……

不，不要想那些名字，那不公平，中年人都不乡愁了，你才这么年轻，乡愁不该交给你来愁，你看表演吧，你是被邀请来看表演的，看吧！很好的位子呢！不要流泪，你没看见大家都好好的吗！你为什么流泪呢？你真的还太年轻，你身上穿的仍是做新娘子的嫁服，你是幸福的，你有你小小的家，每天黄昏，拉下紫幔等那人回来，生活里有小小的气恼，小小的得意，小小的凄伤和甜蜜，日子这样不就很好了吗？

不要碰“故国之思”，它太强，不要让三江五岳来撞击你，不要念赤县神州的名字，你受不了的，真的，日子过得很好，把泪逼回去，你不能开始，你不能开始，你不能开始，你一开始就不能收回……

我坐着，无效地告诫着自己，从金门来的火种在会场里点着了，赤膊的汉子在表演蛙人操，仪队的枪托冷凝如紫电，特别看台上面的大红柱子，直辣辣地逼到眼前来，我无法遏抑地想着中山陵，那仰向苍天的阶石，中国人的哭墙，我们何时才能将发烫的额头抵上那神圣的冰凉，我们将一步一稽额地登上雾锁云埋的最高巅……

会散了我挨蹭到门口，他在那里等我。我们一起回家。

“你怎么了？”走了好一段路，他忍不住问我。

“不，不要问我。”

“你不舒服吗？”

“没有。”

“那，”他着急起来，“是我惹了你？”

“没有，没有，都不是——你不要问我，求求你不要问我，一句话都不要跟我讲，至少今天别跟我讲……”

他诧异地望着我，惊奇中却有谅解，近午的阳光照在宽阔坦荡的敦化北路上，我们一言不发地回到那紫色小巢。

他真的没有再干扰我，我恍恍惚惚地开始整理自己，我渐渐明白有一些什么根深柢固的东西一直潜藏在我自己也不甚知道的深渊之处，是淑女式的教育所不能掩盖的，是传统中文系的文字训诂和诗词歌赋所不能磨平的，那极蛮横极狂野极热极不可挡的什么，那种“欲饱史笔有脂髓，血作金汤骨做垒，凭将一腔热肝肠，烈作三江沸腾水”（注）的情怀……

我想起极幼小的时候就和父亲别离，那时家里有两把长刀，是抗战胜利时分到的，鲨鱼皮，古色古香，算是身无长物的父亲唯一贵重

的东西,母亲带着我和更小的妹妹到台湾,父亲不走,只送我们到江边,他说:

“守土有责,我会熬到最后五分钟。——那把刀你带着,这把,我带着,他年能见面当然好,不然,总有一把会在。”

那样的情节,那样一句一钢钉的对话,竟然不是小说而是实情。

父亲最后翻云南边境的野人山而归,长刀丢了,唯一带回来的是劫后之身。

不是在圣人书里,不是在线装的教训里,我了解了家国之思,我了解了那份渴望上下拥抱五千年、纵横把臂八亿人的激情,它在那里,它一直在那里……

随便抓了一张纸,就在那空白的背面,用的是一枝铅笔,我开始写《十月的阳光》:

> 那些气球都飘走了,总有好几百个罢?在透明的蓝空里浮泛着成堆的彩色,人们全都欢呼起来,仿佛自己也分沾了那份平步青云的幸运——事情总是这样的,轻的东西总能飘得高一点,而悲哀拽住我,有重量的物体总是注定要下沉的。
>
> 体育场很灿烂,闪耀着晚秋的阳光,礼炮沉沉地响着,这是十月,一九六六年的十月,武昌的故事远了。西风里悲壮的往事

远了……

中山陵上的落叶已深，我们的手臂因渴望一个扫墓的动作而酸痛。

我忽然明白，写《地毯的那一端》的时代远了，我知道我更该写的是什么，闺阁是美丽的，但我有更重的剑要佩，更长的路要走。

《十月的阳光》后来得了奖，奖金一千元，之后我又得过许多奖，许多奖金、奖座、奖牌，领奖时又总有盛会，可是只有那一次，是我真正激动的一次，朱桥告诉我，评审委员读着，竟哭了。

我不能永远披着白纱，踏着花瓣，走向红毯尽处的他，当我们携手走下红毯，迎人而来的是风是雨，是风雨声中恻恻的哀鸣。

——但无论如何，我已举步上路。

注：那是我自己的句子，不算诗，因为平仄不对。

好艳丽的一块土

好艳丽的一块土！

沙土是桧木心的那种橙红，干净、清爽，每一片土都用海浪镶了边——好宽好白的精工花边，一座一座环起来足足有六十四个岛，个个都上了阳光的釉，然后就把自己亮在蓝天蓝海之间（那种坦率得毫无城府的蓝），像亮出一把得意而漂亮的牌。

我渴望它，已经很久了。

它的名字叫澎湖。

“到澎湖去玩吗？”

“不是！”——我讨厌那个“玩”字。

“去找灵感吗？”

“不是！”——鬼才要找灵感。

“那么去干什么？”

干什么？我没有办法解释我要干什么，当我在东京抚摸皇苑中的老旧城门，我想的是居庸关；当我在午后盹意的风中听密西西比，我想的是瀑布一般的黄河。血管中一旦有中国，你就永远不安！

于是，去澎湖就成了一种必要。当浊浪正浊，我要把剩在水面上的净土好好踩遍，不是去玩，是去朝山，是去谒水，是去每一寸属于自己的土皋上献我的心香。

于是，我就到了澎湖，在晓色中。

“停车,停车,”我叫了起来,“那是什么花?”

“小野菊。”

我跳下车去,路,伸展在两侧的干砂中,有树、有草、有花生藤,绿意遮不住那些粗莽的太阳色的大地,可是那花却把一切的荒凉压住了——从来没有看过这么漂亮的野菊,真的是“怒放”,一大蓬,一大蓬的,薄薄的橙红花瓣显然只有从那种艳丽的沙土才能提炼出来——澎湖什么都是橙红色的,哈密瓜和嘉宝瓜的肉瓤全是那种颜色。

浓浓的艳色握在手里。车子切开风往前驰。

我想起儿子小的时候,路还走不稳,带他去玩,他没有物权观念,老是要去摘花,我严加告诫,但是,后来他很不服气地发现我在摘野花。我终于想起了一个解释的办法。

“人种的,不准摘。”我说,“上帝种的,可以摘。”

他以后逢花便问:

“这是上帝种的还是人种的?”

澎湖到处都是上帝种的花,污染问题还没有伸展到这块漂亮干净的土上来,小野菊应该是县花。另外,还有一种仙人掌花,娇黄娇黄的,也开得到处都是——能一下子看到那么多野生的东西,让我几乎眼湿。

应该制作一套野花明信片的，我自己就至少找到了七八种花。大的，小的，盘地而生的，匍匐在岩缝里的，红的，白的，粉紫的，蓝紫的……我忽然忧愁起来，它们在四季的海风里不知美了几千几万年了，但却很可能在一夜之间消失，文明总是来得太蛮悍，太赶尽杀绝……

出租车司机姓许，广东人，喜欢说话，太太在家养猪，他开车导游，养着三个孩子——他显然对自己的行业十分醉心。

“客人都喜欢我，因为我这个人实实在在。我每一个风景都熟，我每一个地方都带人家去。”

我也几乎立刻就喜欢他了，我一向喜欢善于“侃空”的村夫，熟知小掌故的野老，或者说“善盖”的人，即使被唬得一愣一愣也在所不惜。

他的普通话是广东腔的，台语却又是普通话腔的，他短小精悍，全身晒得红红亮亮，眼睛却因此衬得特别黑而灵动。

他的用辞十分“文明”，他喜欢说：“不久的将来……”

反正整个澎湖在他嘴里有数不清的“不久的将来……”

他带我到林投公园，吉上将的墓前：

“卢沟桥第一炮就是他打的呀，可是他不摆官架子，他还跟我玩过呢!"

他不厌其烦地告诉我"白沙乡"所以得名是因为它的沙子是白的,不是黑的——它说得那么自豪,好像那些沙子全是经他手漂白的一样。

牛车经过,人经过,出租车经过,几乎人人都跟他打招呼,他很得意:

"这里大家都认得我——他们都坐过我的车呀!"

我真的很喜欢他了。

去看那棵老榕树真是惊讶,一截当年难船上的小树苗,被人捡起来,却在异域盘根错节地蔓延出几十条根(事实上,看起来是几十条树干),叶子一路绿下去,猛一看不像一棵树,倒像一座森林。

树并不好看,尤其每条根都用板子箍住,而且隔不多远又有水泥梁柱撑着,看来太匠气,远不及台南延平郡王祠里的大榕轩昂自得,但令人生敬的是那份生机,榕树几乎就是树中的汉民族——它简直硬是可以把空气都变成泥土,并且在其间扎根繁衍。

从一些正在拆除的旧房子看去,发现墙壁内层竟是海边礁石。想象中鲁恭王坏孔子壁,掘出那些典籍有多高兴,一个异乡客忽然发现一栋礁石暗墙也该有多高兴。可惜澎湖的新房子不这样盖了，现在是灰色水泥墙加粉红色水泥屋瓦，没有什么特色，但总比台北街头的马赛克高尚——马赛克把一幢幢的大厦别墅全弄得像大型厕所。

那种多孔多穴的礁石叫老砧石，仍然被用，不过只在田间使用了，澎湖风大，有一种摧尽生机的风叫“火烧风”，澎湖的农人便只好细心地用老砧石围成园子，把蔬菜圈在里面种，有时甚至蒙上旧渔网，苍黑色的老砧石诘曲怪异，叠成墙看起来真像古堡，蔬菜就是碉堡中娇柔的公主。

在一方一方的蔬菜碉堡间有一条一条的“砂牛”——砂牛就是黄牛，但我喜欢砂牛这个乡人惯用的名字。

一路看老砧石的菜园，想着自己属于一个在风里、砂里以及最瘦的瘠地上和最无凭的大海里都能生存下去的民族，不禁满心鼓胀着欣悦，我心中一千次学孔丘凭车而轼的旧礼，我急于向许多事物致敬。

到鲸鱼洞，我才忽然发现矗然壁立的玄武岩有多美丽！大、硬、黑而骄傲。

鲸鱼洞其实在退潮时只是一圈大穹门，相传曾有鲸鱼在涨潮时进入洞内，潮退了，它死在那里。

天暗着，灰褐色的海画眉忽然唱起来，飞走，再唱，然后再飞，我不知道它急着说些什么。

站在被海水打落下来的大岩石上，海天一片黯淡的黛蓝，是要下雨了，澎湖很久没下雨，下一点最好。

“天黑下来了，”驾驶说，“看样子那边也要下雨了。”

那边！

同载一片海雨欲来的天空，却有这边和那边。

同弄一湾涨落不已的潮汐，却有那边和这边。

烟水苍茫，风雨欲来不来，阴霾在天，浪在远近的岩岬上，剖开它历历然千百万年未曾变色的心迹。

“那边是真像也要下雨了。”我呐呐地回答。

天神，如果我能祈求什么，我不做鲸鱼不做洞，单做一片悲涩沉重的云，将一身沛然舍为两岸的雨。

在餐厅里吃海鲜的时候，心情竟是虔诚的。

餐馆的地是珍珠色贝壳混合的磨石子，院子里铺着珊瑚礁，墙柱和楼梯扶手也都是贝壳镶的。

“我全家拣了三年哪！”他说。

其实房子的格局不好，谈不上设计，所谓的“美术灯”也把贝壳柱子弄得很古怪，但仍然令人感动，感动于三年来全家经之营之的那份苦心，感动于他知道澎湖将会为人所爱的那份欣欣然的自信，感动于他们把贝壳几乎当图腾来崇敬的那份自尊。

“这块空白并不是贝壳掉下来了，”他唯恐我发现一丝不完美，“是客人想拿回去做纪念，我就给了。”

如果是我，我要在珊瑚上种遍野菊，我要盖一座贝壳形的餐厅，客人来时，我要吹响充满潮音的海螺，我要将多刺的魔鬼鱼的外壳注上蜡或鱼油，在每一个黄昏点燃，我要以鲸鱼的剑形的肋骨为桌腿，我要给每个客人一个充满海草香味的软垫，我要以渔网为桌巾，我要……

——反正也是胡思乱想——

龙虾、海胆、塔形的螺、鲑鱼都上来了。

说来好笑，我并不是为吃而吃的，我是为赌气而吃的。

总是听老一辈的说神话似的谭厨，说姑姑筵，说北平的东来顺或上海的……连一只小汤包，他们也说得有如龙肝凤胆，他们的结论是：“你们哪里吃过好东西。”

似乎是好日子全被他们过完了，好东西全被他们吃光了。

但他们哪里吃过龙虾和海胆？他们哪里知道新鲜的小卷和九孔？好的海鲜几乎是不用厨师的，像一篇素材极美的文章，技巧竟成为多余。

人有时多么愚蠢，我们一直系念着初恋，而把跟我们生活几乎三十年之久的配偶忘了，台澎金马的美恐怕是我们大多数的人还没有学会去拥抱的。

我愿意有一天在太湖吃蟹，我愿意有一天在贵州饮茅台，我甚至愿意到新疆去饮油茶，不是为吃，而是为去感觉中国的大地属于我的感觉，但我一定要先学会虔诚地吃一只龙虾，不为别的，只为它是海中——我家院宇——所收获的作物，古代的秦始皇曾将爱意和尊敬封给一株在山中为他遮住骤雨的松树，我怎能不爱我二十八年来生存在其上的一片土地？我怎能不爱这相关的一切？

跳上船去看海是第二天早晨的事。

船本来是渔船，现在却变为游览船了。

正如好的海鲜不需要厨师，好的海景既不需要导游也不需要文人的题咏，海就是海，空阔一片，最简单最深沉的海。

坐在船头，风高浪急，浪花和阳光一起朗朗地落在甲板上，一片明晃，船主很认真从事，每到一个小岛就赶我们下去观光——岛很好，但是海更好，海好得让人牵起乡愁，我不是来看陆地的，我来看海，干净的海。我也许该到户籍科去，把身份证上籍贯那一栏里“江苏”旁边加一行字——“也可能是‘海’”。

在什么时候，我不知道，但我知道我一定曾经隶籍于海。

上了岸第一个小岛叫桶盘，我到小坡上去看坟墓和房子，船主认真地执行他的任务——告诉我走错了，他说应该去看那色彩鲜丽的庙，其实澎湖没有一个村子没有庙，我头一天已经看了不少，一般而言，澎湖的庙比台湾的好，因为商业气息少，但其实我更爱看的是小岛上的民宅。

那些黯淡的，卑微的，与泥土同色系的小屋，涨潮时，是否有浪花来扣他们的窗扉？风起时，女人怎样焦急地眺望？我曾读《冰岛渔夫》，我曾读爱尔兰辛约翰的《海上骑士》，但我更希望读到的是匍匐在岩石间属于中国渔民讨海的故事。

其实，一间泥土色的民宅，是比一切的庙宇更其庙宇的，生于斯，长于斯，枕着涛声，抱着海风的一间小屋，被阳光吻亮又被岁月侵蚀而斑驳的一间小屋。采过珊瑚，捕过鱼虾，终而全家人一一被时间攫虏的一间小屋。欢乐而凄凉，丰富而贫穷，发生过万事千事却又似乎什么都没有发生的悠然意远小屋——有什么庙宇能跟你一样庙宇？

绕过坡地上埋伏的野花，绕过小屋，我到了坟地，惊喜地看到屋坟交界处的一面碑，上面写着“泰山石敢当止”，下面两个小字是“风煞”（也不知道那碑是用来保护房子还是坟地，在这荒凉的小岛上，生死好像忽然变得如此相关相连）。汉民族是一个怎样的民族！不管在哪里，他们永远记得泰山，泰山，古帝王封禅期间的，孔子震撼于其上的，一座怎样的山！

有一个小岛，叫风柜，那名字简直是诗，岛上有风柜洞，其实，像风柜的何止是洞！整个岛在海上，不也是一只风柜吗，让八方风云来袭，我们只做一只收拿风的风柜。

航过一个小岛，终于回到马公——那个大岛，下午，半小时的飞机，我回到更大的岛——台湾。我忽然知道，世界上并没有新大陆和旧大陆，所有的陆地都是岛，或大或小的岛，悬在森森烟波中，所有的岛都要接受浪，但千年的浪只是浪，岛仍是岛。

像一座心浮凸在昂然波涌的血中那样漂亮，我会记得澎湖——好艳丽的一块土！

地　泉

有一种东西，我们称之为“诗”。

有人以为诗在题诗的壁上，扇上，搜纳奇句的古锦囊里，或一部毛诗，一卷杜子美里。其实，不是的，诗是地泉，掘地数寻，它便翻涌而出，只要一截长如思绪的汲绠，便可汲出一挑挑一担担透明的诗。

相传佛陀初生，下地即走，而每走一步即地涌金莲，至于我们常人的步履，当然什么也引不起。但我相信，在我们立脚之地，如果掘下去，便是万斛地泉。能一步步踩在隐藏的泉脉之上，比地涌金莲还令人惊颤。

读一切的书，我都忍不住去挖一下，每每在许多最质朴的句子里，蕴结着一股股地泉。古书向来被看作是丧气难读的，其实，古书却是步步地泉，令人忍不住吓一跳，却又欣喜不已的。

虎皮讲座

《名臣言行录·外集》里这样记载：张横渠在京中，坐虎皮说《易经》，忽一日和二程谈《易》，深获于心，第二天便撤去虎皮，令诸生师事二程。

不知为什么，理学家总被常人看作是乏味的一群。但至少，我一想到张横渠，只觉诗意弥弥。

我喜欢那少年好剑跅弛豪纵的关中少年，忽有一天，他发现了比剑还强、比军事还强的东西，那是理。

他坐在一张斑斓的虎皮上，以虎虎的目光，讲生气虎虎的《易经》。

多么迷人多么漂亮的虎皮讲座，因为那样一个人，因为那样一张讲座，连《易经》素黯的扉页都辉亮起来。庖牺氏的八卦从天玄地黄雷霆雨电中浮出，阴爻阳爻从风火云泽中涌现，我一想起来就觉得那样的《易经》讲座必然是诗——雄性的诗。

更动人的是他后来一把推开虎皮椅的决然；那时候，他目光烂烂，是岩下的青电，他推掉了一片虎皮的斑采，但他已将自己化为一只剪风的巨虎，他更谦逊，更低卑，更接近真理，他炳炳烺烺，是儒门的虎。

那个故事真的是诗——虽然书上都说那是理学家的事迹。

那一千七百二十九只鹤

清朝人赵之谦曾梦见自己进入一片鹤山，在梦中，他仰视满天鹤翅，而且非常清楚地记得有一千七百二十九只，正在这一刹那间，他醒了。

忽然，他急急地打开书箧，把所有的藏书和自己的作品一一列好，编列了一套“仰视一千七百二十九只鹤斋丛书”。

如果把这样的梦境叙述给佛洛伊德听，他会怎么说？

一千七百二十九只鹤，在梦里，在鹤山之上的蓝天！

忽然，他了解，鹤是能飞的书。

而书，他明白了，书是能隐的鹤。

当他梦见鹤，他梦见的是激越的白翅凌空，是直冲云霄的智慧聚舞。每一只鹤是一篇素书。

曾经，他的书只是连篇累牍沉重的宋版或什么版，但梦醒时，满室皆鹤，他才发现每一个人自有他的鹤山供鹤展翅，自有他的寒塘能渡鹤影，知识在一梦之余已化生为智慧。

那真是多么像诗的一个梦啊。

照田蚕

照田蚕的故事，使我读起来想哭，记载的人是范成大，范成大的诗我有时喜欢有时也不怎么佩服，倒是他援笔直书的记载真的让我想哭。

村落则以秃帚、若麻藉、竹枝辈，燃火炬，缚长竿之杪，以照田，烂然遍野，以祈丝谷。

怎样的夜，怎样的火炬，怎样的属于农业民族的一首祈祷诗！

腊月里，田是冷的，他们给他火。

半夜里，田是黑的，他们给他亮！

烂然照遍田野的，与其说是火炬，不如说是一双双灼然烨然期待的眼睛。

田地！当我们烛照你，我们也烛照了自己的心田，心是田，田是心，我们是彼此命脉之所系！

给我们丝，给我们谷——而我们，则给你从头到脚的每一寸力量每一分爱……

给我们丝，给我们谷，当火光温柔地舔着你，冷冷的腊月，残酷的空间都因这一舌火光而有情起来……

给我们丝，给我们谷，你这腊月冬残时一无所有，却又生机无限无所不有的田地。

给我们银子似的丝，给我们金子似的谷，我们的土地必须光灿夺目——像一阕梦一样夺目，像一注祷词一样丰富。

给我们丝，给我们谷，给我们可穿的丝，给我们可食的谷……

读着，读着，我会蓦然一惊，仿佛在宋朝的田埂上走着，在火炬的红光中喃喃自祷的人竟是我自己。

尔　雅

释诂、释言、释训、释亲、释宫、释器、释乐、释天、释地、释丘、释山、释水、释草、释木、释虫、释鱼、释鸟、释兽、释畜。

记不得上一次读《尔雅》是什么时候了，好像是大三那年，那时候修“训诂学”，大多数同学其实也只需要看笔记，我大概还算认真一点的，居然去买了一部《尔雅》来圈点。

圈《尔雅》真是累人的，《尔雅》根本是一部字典，好在很薄，我胡乱把它看完了。

许多年过去，忽然有一天我心血来潮地又买了一本《尔雅音图》来看，不是为学分，不是为一份年轻气盛的好强，仅仅出于一种说不出的眷恋。那一年，走进大三的教室，面对黑板做学生——而今，走进大三教室，背负着黑板做老师。时光飞逝，而《尔雅》仍是二千年前的《尔雅》。

一翻目录，已先自惊动了，一口气十九个释，我从前怎么就没看出这种美来，那时的天地是怎样有情，看得出那时代的人自负而快乐，天地山川，日月星辰，草木虫鱼，乃至最不可捉摸的音乐，最现实的牛棚马厩以及最复杂的亲属关系，以及全中国的语言文字，都无一不可了解，因此也就无一不可释义。读《尔雅》，只觉世界是如此简单壮丽，如此明白晓畅，如此婴儿似的清清楚楚一览无遗。仿佛那时代的人早晨一起床，世界便熟悉地向他走拢来，世界对他而言是一张每个答案都知道的考卷，他想不出有什么不心安的事。

“……鲁有大野……楚有云梦……西南之美者有华山之金石焉……东方有比目鱼，不比不行……南方有比翼鸟焉……不比不飞……

前足皆白的马叫騱，后足皆白的叫狗……珪大尺二寸谓之玠，璧大六寸谓之宣……

总之，他们知道前脚或后脚白的马，他们知道所佩的玉怎么区分，他们甚至知道遥远的楚国有一片神秘的大沼泽，而最遥远的边区是神话——介于有与无之间，介于知与不可知之间——比目鱼在东方游着，比翼鸟在南方飞着……汉民族在其间成长着。

读《尔雅》，原来也是可以读得人眼热的！

一人泉

《明一统志》：一人泉在钟山高峰绝顶，仅容一勺，挹之不绝，实山之胜处也。

《福建通志》：在福建龙溪县东鹤鸣山，其泉仅供一人之吸，故名。

“一人泉”在南京和福建都有。

也许正像马鞍山、九曲桥，或者桃花溪、李家庄，是在大江南北什么地方都可能有的地名。

记得明信片上的罗马城，满街都是喷泉，他们硬是把横流的水扭成反弹向天的水晶柱，西方文明就有那么喧嚣光耀，不由人不目夺神移。

但在静夜我查书查到“一人泉”的时候，却觉得心上有一块什么小塞子很温柔地揭开了——不是满城喷泉。而是在某个绝高的峰顶上，一注小小的泉，像一颗心，只能容纳一个朝圣者，但每一次脉搏，涌出的是大地的血髓，千年万世，把一涓一滴的泉给了水勺。

脉脉涌动，挹之不绝，一注东方的泉。在龟山，在福建龙溪县的东鹤鸣山，以及在我心的绝峰上。

米　泉

白居易诗里有“米泉之精”的句子，“米泉”指的是酒。用“米泉”称酒，真的差不多有一种现代诗的美感了！

酿酒的应该是最神奇的魔术家，酿者真的在从事一种比炼金术还奇异的法术。

“米泉”那两个字用得太好，仿佛从米上凿了一眼泉，而酒，就欣然地涌跃出来，涌成甘醴。

有时候不必去读一首诗，单只读一个酒的绰号，已令人心驰。

笔　星

彗星，中国人也将之称为笔星。

“笔星”两字也的确诗意得紧。

设想在一张幽玄的大纸上，倏地有人挥上光灿的一笔，你惊惧四顾，笔已摧折，而那笔酣墨润的一笔已成绝响。怎么的笔，千年万世，蓄势而发，只待写下那一画！所有的光华，只爆作长夜中一弹指的灿烂。

夏夜的长空，我读那些一行行惊心动魄的绝笔。

地 气

对汉民族而言，地气是真的存在的。《续汉书》上这样记载：

> 候气之法，于密室中以木为案，置十二律琯，各如其方，实以葭灰，覆以缇縠，气至则一律飞灰。

我始终没有去做过那样的实验，对这种事情，我竟完全不疑古，我宁可承认土地有生命，它会呼吸，会吐纳，会在松松白白的雪毯下冬眠，而且会醒来，会长啸。并且相传会用它胸臆的一股气托住一只鸡蛋，使之不倾跌。时而会顽皮地飞腾而起，像一个吹蛋糕上蜡烛的孩子，他鼓满一口气，吹散葭灰——季节就在满室掌声中开始了！

做实验吗，当然不必，土地一定是有生命的，他负责把稻子往上托，把麦子往上送，他在玉蜀黍田里释放出千条绿龙，他蒸腾得桃树李树非花不可，催得瓜果非熟不可——世界上怎么可能没有地气！

想出"地气"那两个字的人，一定是一个诗人。

梅　妃

梅妃，姓江名采蘋，莆田人，婉丽能文，开元初，高力士使闽越选归，大见宠幸，性爱梅，帝因名曰梅妃，迨杨妃入，失宠，逼迁上阳宫，帝每念之。会夷使贡珠，乃命封一斛以赐妃，不受，谢以诗，词旨凄惋，帝命入乐府，谱入管弦，名曰一斛珠。

梅妃，我总是在想，你是一个怎样的女人。

当三千白头宫女闲坐说天宝年的时候，当一场大劫扼死了杨玉环，老衰了唐明皇，而当教坊乐工李龟年(那曾经以音乐摇漾了沉香亭繁红艳紫的牡丹的人啊!)流落在江南的落花时节里，那时候，你曾怎样冷眼看长安。

梅妃，江采蘋，你是中国人心中渴想得发疼的一个愿望，你是痛苦中的美丽，绝望时的微焰，你是庙堂中的一只鼎，鼎上的一缕烟，无可依凭，却又那样真实，那样天恒地久的成为信仰的中心。

曾经，唐明皇是你的。

曾经，唐明皇是属于“天宝”年号的好皇帝。

曾经，满园的梅花连成芳香的云。

但，曾几何时，杨玉环恃宠入宫，七月七日长生殿，信誓旦旦的轻言蜜语，原来是可以戏赠给任何一只耳膜的，春风里牡丹腾腾烈烈煽火一般地开着，你迁到上阳宫去了，那里的荒苔凝碧，那里的垂帘寂寂。再也没有宦官奔走传讯，再也没有宫娥把盏侍宴，就这样忽然一转身，检点万古乾坤，百年身世，唯一那样真实而存在的是你自己，是你心中那一点对生命的执着。

士为知己者死，知己者若不可得，士岂能不是士？

女为悦己者容，悦己者若不可遇，美丽仍自美丽。

是王右丞的诗，“涧户寂无人，纷纷开且落。”宇宙中总有亿万种美在生发，在辉灿，在完成，在永恒中镌下他们自己的名字。不管别人知道或不知道，别人承认或不承认。

日复一日，小鬟热心地走告：

那边，杨玉环为了掩饰身为寿王妃的事实，暂时出家做女道士去了，法名是太真。

那边，太真妃赐浴华清池了。

那边，杨贵妃编了霓裳羽衣舞了。

那边，他们在春日庭园小宴中对酌。

那边，贵妃的哥哥做了丞相。

那边，贵妃的姐姐封了虢国夫人，她骑马直穿宫门。

那边，盛传着民间的一句话：“男不封侯女作妃，看女却为门上楣。”

那边，男贪女爱。

那边……

而梅妃，我总是在想，你是一个怎样的女人?

那些故事就这样传着，传着，你漠然地听着，两眼冷澈灿霜，如梅花。你隐隐感到大劫即将来到，天宝年的荣华美丽顷刻即将结束，如一团从锦缎上拆剪下来的绣坏了的绣线。

终有一年，那酡颜会萎落在尘泥间，孽缘一开头便注定是悲剧。

有一天，明皇命人送来一斛明珠，你把珠子倾出，漠然地望着那一堆滴溜溜的浑圆透亮的东西，忽然觉得好笑。

你曾哭过，在刚来上阳宫的日子，那些泪，何止一斛明珠呢? 情不可依，色不可恃，现在，你不再哭了，人总得活下去，人总得自己撑起自己来，你真的笑了。拿走吧，你吩咐来人，布衣女子，也可以学会拒绝皇帝的，我们曾经真诚过，正如每颗珍珠都曾莹洁闪烁过，但也正如明珠一样，它是会发黄黯败的，拿回去吧，我恨一切会变质的东西。

拿走吧，梅花一开，千堆香雪中自有万斛明珠，拿走吧，后宫佳丽三千，谁不想分一粒耀眼生辉的玩意。

而小鬟，仍热心地走告。

那边……

事情终于发生了。

渔阳鼙鼓动地而来，唐明皇成了落荒而逃的皇帝，故事仍被絮絮叨叨地传来：

六军不发，明皇束手了。

杨国忠死了。

杨贵妃也死了——以一匹白练——在掩面无言的皇帝之前。

杨贵妃埋了，有个老太婆捡了她的袜子，并且靠着收看客的钱而发了财（多荒谬离奇的尾声）。

唐明皇回来了，他不再是皇帝，而是一个神经质的老人。

天宝的光荣全被乱马踏成稀泥了。

而冬来时，梅妃，那些攘千臂以擎住一方寒空的梅枝，肃然站在风里，恭敬地等候白色的祝福。

谢尽了牡丹，闹罢了笙歌，梅妃，你的梅花终于开了，把冰雪都感动得为之含香凝芬的梅花。

在春天的二十四番花信风之后，在夏荷秋菊之后，像是为争最后一口气，它傲然地开在那里——可是它又并不跟谁争一口气，它只是那样白白然然地开着，仿佛天地山川一样怡然，你于是觉得它就是该在那里的,大地上没有梅花才反而是一件不可思议的事。

邀风、邀雪、邀月,它开着,梅妃,天宝年和天宝年的悲剧会过去,唯有梅花,将天恒地久地开着。

一路行去

把电话挂断,挂不断的泪一径流了下来,我咬牙往关口走去。

也不知是第十几次走出那关口了,但从来没有这样割心地疼,孩子倒是洒脱,电话那端是他们愉悦的童音,两人都答应要乖,要做好孩子。我也装做快乐地和他们说再见,从来不知道做一个母亲是可以一面流那样热烫的泪,一面仍可勉强拼出那样温甜的声音。

队伍是十一个人,没有组织,没有经费,只凭一声吆喝,就这样各人请了假,硬挤出十七天的时间上路。十一人分三组,我们这组是四个人,主要安排访问的路线是美国传播机构、教会领袖和中国留学生。那一晚,丈夫守着电话打,一下子就打了十几通越洋电话,钱?管他,访问的路线就这样定了,钱,该来的时候就会来的。

扣好安全带,我把幻灯片从皮包里抽出来,有一张还是朋友刚才赶着送到机场来的。幻灯片全是临时赶的,做我们的朋友真是一件不幸的事,我们自己专去拣些别人不做的事来做,扰得我们的朋友也跟着忙得人仰马翻,他们全是在学业事业上有成就的人,却每每为了帮我们的忙不吃不睡的——不能想,这些事一想起来就心酸眼热,五内如翻岩涌浆,无法平复。

“我们要组织一个基督教友好访问团到美国去,”那天我嗫嗫嚅嚅地打电话给秀治,“我想要送些礼物给那些美国教会领袖,我希望那种礼物可以一直保存着,天天看,就会想起台湾,这样看来,当然是送画最好——我想要你几幅绣画,我出不起钱,可是布和绣线那些成本我总该出……"

秀治是一个质朴的人,从来不懂得宣传自己,也只有她那样纯的人才能有那么醇的作品,她从来舍不得卖画,每次卖,都是为了教会的慈善活动,她那样千针万线绣出来的啊……

她捐了三幅画,我捧着那样的画,觉得天地都为之庄严肃穆起来,同时捐出的还有王蓝跟许坤成,王蓝并且把他的画袋借给我,所有框好的画都放在那里面,我生平没有提过那么殷实沉重的东西。

配合幻灯片放的录音带是"解大哥"帮的忙,临行的前一夜,我们还磨在录音室里,一遍一遍地修正着,他一会儿钻到唱片库里去,一会儿又钻到控制室里来,声音也是琢磨了又琢磨,总想做得最好,走出录音室已经是次日凌晨了,他送我回去,北安路上夜静静地平展着,我们走到路口,他叫了车给我,跟我说:

"张姐姐,对你们夫妇,我真的可以说:'我很爱你们。'"

我跳上车,一句话也没说——不知该说什么,上天为鉴,所有的朋友都对我太好,我永远不能偿还,多甜美的欠负!不是"常恨此身非我有",而是"常喜此身非我有",全是朋友们的恩情缀成的。

我把录音机打开,开到最小声,一面摹拟着要怎样配合幻灯画面——在二万多尺的高空，时差？没有时间去管时差了，我一下飞机就得去工作，我也许会累，累就累，我得去放映，去谈，去辩论，去指责，去跟人聊通宵，在冰天雪地里把自己走成一介苦行僧侣，连孩子都横下心交给爷爷奶奶了。这十七天我们如果不拼命就对不起自己。

跟孩子一起交给人的是学生，一开学就请假，让我觉得愧疚，但黄答应来代课使我喜出望外，他要跟学生讲中国诗的欣赏。每次跟他通电话，都使人迷惑，似乎仍是大一那年，似乎仍同坐在中文系的第一教室里上课，似乎凭栏望去仍是涨绿的双溪，以及有若长虹之桥柱的青山。但二十年过去了，他已是文学院院长，他答应来演讲，我自豪，因为有一位才华过人、以十几年的时间把自己从“大一学生”变成了“学者”的朋友，但我更自豪的是这个我所身处的社会，这个社会允许一个肯上进的穷苦大一学生，在十几年间成为文学院院长。

丈夫的大箱子里带的是一百七十张展览用的图片，照的是早期基督教在中国的发展，那些苍凉的画画时而是一片西北的屋脊，时而是一片江南的烟波。为了省钱，那些照片全是他杂志社里的同仁自己冲洗的，没有暗房，他们就把洗手间围上黑布装成暗房，每次要冲洗照片的时候就前前后后地宣告：“谁要上一号？谁要上一号？要去的快去，关上了门就一个钟头不准进来！”

他们没日没夜地洗，那一百七十张大挂图就是这样洗出来的。感谢上帝没有赐我们亿万家产，如果我们有钱，我们可以购买每一份劳力，但我们没有，我们只有朋友，我们是真正富有的人。

除了图片，我们还印了六万张贴纸，大型的可以贴在车子的后杠上，小的像五元镍币，可以随便贴，上面印着中文的“主佑中华”和英文的Pray for free China，要多少钱？不知道，我不管钱的事，许多年来我也一直没管过，上帝不会不帮助一个自助的人，我该管的是我有没有倾我所能地奉献，我该急于知道自己是不是纯洁无瑕，无愧于日日承受的天恩人惠。

“你刚才在哭，”丈夫说，“×姐妹赶到机场来，塞了这张支票给我。”

我忽然又想哭，太多了，这些爱，我无法承载，其实，陆陆续续一直就有人奉献，从几百的到上万的，令人哽咽的爱。

我想起《旧约》中的一个美丽的故事，说到大卫王在战场上，忽一日渴想喝故乡伯利恒古井里的水。有三个勇士知道了，便冲过封锁线，去为国王打来清凉的井水。大卫接了那水，为之战栗动容，不敢入口，当时他把那水浇在地上，告祭天神，说：

“这是他们的血，我断不能喝！”

那些帮助我们一路成行的人，岂是把东西给我们？他们把钱交给我们，把爱和祝福交给我们，其实是基于他们对上帝的爱，对民族的爱，那一切太美好，是我们必须以之告祭天下的。

到旧金山，杏花索索地开了，日子开始周而复始地每天在不同的飞机上俯看不同的云，在不同的机场拿自己的行囊，下午在不同的会堂里贴展览图片，晚上在聚会中向不同的脸孔说话，散会后向不同的激昂的声音谈剖心沥肝的话题，夜深时，把自己交给不同客栈中不同的床。

相同的是一路行去，尽是祝福。

犹记得，站在旧金山机场等候去华盛顿的班机，那里刚下过五十七年来最大的一场雪，我们是雪封机场后的第一批旅客。

不知为什么，子夜一时到华盛顿，看见满地的雪，我硬是可以封闭自己的感动，这雪景是异乡的雪景，这白是异乡的白。要我流泪，可以，那得等到在塞北或关中，等我在故国的老瓦檐下摘一只冰坠，等我在压弯的水芦苇上掬一掌雪之白。异乡的雪景，充其量只是立体的圣诞卡，是一片遥远的不相干的风光，不是让人落泪的什么。

犹记得，离开华府的那一夜，秉怡抱着我，说：

“带着我们的爱去。”

一听，就让我想起二十年前在一个唱诗班里的时光，她仍是最好的女低音。

犹记得，在纽约，寿南和朋友到旅社中来，我们谈到深夜一点。在波士顿，在辛辛那堤，在普渡，在耶鲁，那样一路扬帆地走去，把冰辙走成暖流。

犹记得，在奥克拉荷马，那女孩接了我们，立刻驱车回去烤年糕，作为晚上的点心。在达拉斯，那男孩清晨六点送了两包汤圆来（他想必是五点就出发了），然后转身就跑了。我实在想不通他是怎么弄到那两包汤圆的。

我不会忘记那些把两颊交给朔风去割裂、用一只肉肩去挑起十几州的风雪雨雹的日子。但我不冷，我仍能一城一城地去告诉人，告诉人上帝的正义，永恒的真理……

一路行去，穿一袭别人送的羊毛衣，着一只别人赠的旧鞋，三月已渐破二月而来，一襟旧衣足堪挡风，两眼酸涩犹可忍泪，所谓天涯之遥，也无非是把一只脚不断地去放在另一只脚的前面而已。时而在电视台的录影室，时而在麦克风前，在善意的或不善意的桌前，在中国人和美国人中，在万千只手合掌祈祷的祝福声中，我们一路行去。

在古老的岁月里，一个婴儿出世，母亲每每喜欢到各家去收集碎布做成百衲衣，让孩子穿着，代表着来自百家的祝福。

而当我一路行去，我感到自己赤裸一如初生的婴儿。但在众人的祝福中，我们成行，我们穿着百衲成服的美丽衣衫，那一缝一折间全是爱，全是满溢的关怀。

穿着百衲吉服，我们一路行去。

母亲的羽衣

讲完了牛郎织女的故事,细看儿子已经垂睫睡去,女儿却犹自瞪着坏坏的眼睛。

忽然,她一把抱紧我的脖子把我赘(此字稍俗,也有人以为当写成“坠”)得发疼:

“妈妈,你说,你是不是仙女变的?”

我一时愣住,只胡乱应道:

“你说呢?”

“你说,你说,你一定要说。”她固执地扳住我不放,“你到底是不是仙女变的?”

我是不是仙女变的?——哪一个母亲不是仙女变的?

像故事中的小织女,每一个女孩都曾住在星河之畔,她们织虹纺霓,藏云捉月,她们几曾烦心挂虑?她们是天神最偏怜的小女儿,她们终日临水自照,惊讶于自己美丽的羽衣和美丽的肌肤,她们久久凝注着自己的青春,被那份光华弄得痴然如醉。

而有一天,她的羽衣不见了,她换上了人间的粗布——她已经决定做一个母亲。有人说她的羽衣被锁在箱子里,她再也不能飞翔了,人家还说,是她丈夫锁上的,钥匙藏在极秘密的地方。

可是,所有的母亲都明白那仙女根本就知道箱子在哪里,她甚至也知道藏钥匙的所在。在某个无人的时候,她甚至会惆怅地开启箱子,用忧伤的目光抚摸那些柔软的羽毛。她知道,只要羽衣一着身,她就会重新回到云端,可是她把柔软白亮的羽毛拍了又拍,仍然无声无息地关上箱子,藏好钥匙。

是她自己锁住那身昔日的羽衣的。

她不能飞了,因为她已不忍飞去。

而狡黠的小女儿总是偷窥到那藏在母亲眼中的秘密。

许多年前,那时我自己还是一个小女孩,我总是惊奇地窥伺着母亲。

她在口琴背上刻了小小的两个字——“静鸥”,那里面有什么故事吗?那不是母亲的名字,却是母亲名字的谐音,她也曾梦想过自己是一只静栖的海鸥吗?她不怎么会吹口琴,我甚至想不起她吹过什么好听的歌,但那名字对我而言是母亲神秘的羽衣,她轻轻写那两个字的时候,她可以立刻变了一个人,她在那名字里是另外一个我所不认识的有翅的什么。

母亲晒箱子的时候是她另外一种异常的时刻,母亲似乎有好些东西,完全不是拿来用的,只为放在箱底,按时年年在三伏天取出来曝晒。

记忆中母亲晒箱子的时候就是我兴奋欲狂的时候。

母亲晒些什么?我已不记得,记得的是樟木箱又深又沉,像一个浑沌黝黑初生的宇宙,另外还记得的是阳光下竹竿上富丽夺人的颜色,以及怪异却又严肃的樟脑味,以及我在母亲喝禁声中东摸摸西探探的快乐。

我唯一真正记得的一件东西是一幅漂亮的湘绣被面,雪白的缎子上,绣着兔子和翠绿的小白菜,和红艳欲滴的小杨花萝卜,全幅上还绣了许多别的令人惊讶赞叹的东西,母亲一面整理,一面会忽然回过头来说:“别碰,别碰,等你结婚就送给你。”

我小的时候好想结婚,当然也有点害怕,不知为什么,仿佛所有的好东西都是等结了婚就自然是我的了,我觉得一下子有那么多好东西也是怪可怕的事。

那幅湘绣后来好像不知怎么就消失了,我也没有细问。对我而言,那么美丽得不近乎真实的东西,一旦消失,是一件合理得不能再合理的事。譬如初春的桃花,深秋的枫红,在我看来都是美丽得违了规的东西,是茫茫大化一时的错误,才胡乱把那么多的美堆到一种东西上去,桃花理该一夜消失的,不然岂不教世人都疯了?

湘绣的消失对我而言简直就是复归大化了。

但不能忘记的是母亲打开箱子时那份欣悦自足的表情,她慢慢地看着那幅湘绣，那时我觉得她忽然不属于周遭的世界，那时候她会忘记晚饭，忘记我扎辫子的红绒绳。她的姿势细想起来，实在是仙女依恋地轻抚着羽衣的姿势，那里有一个前世的记忆，她又快乐又悲哀地将之一一拾起，但是她也知道，她再也不会去拾起往昔了——唯其不会重拾，所以回顾的一刹那更特别地深情凝重。

除了晒箱子，母亲最爱回顾的是早逝的外公对她的宠爱，有时她胃痛，卧在床上，要我把头枕在她的胃上，她慢慢地说起外公。外公似乎很舍得花钱(当然也因为有钱)，常常带她上街去吃点心。她总是告诉我当年的肴肉和汤包怎么好吃，甚至煎得两面黄的炒面和女生宿舍里早晨订的冰糖豆浆(母亲一再强调“冰糖”豆浆，因为那是比“砂糖”豆浆为高贵的)，都是超乎我想象力之外的美味。我每听她说起那些事的时候，都惊讶万分——我无论如何不能把那些事和母亲联想在一起。我从有记忆起，母亲就是一个吃剩菜的角色，红烧肉和新炒的蔬菜简直就是理所当然地放在父亲面前的，她自己的面前永远是一盘杂拼的剩菜和一碗“擦锅饭”(擦锅饭就是把剩饭在炒完菜的剩锅中一炒，把锅中的菜汁都擦干净了的那种饭)，我简直想不出她不吃剩菜的时候是什么样子。

而母亲口里的外公，上海、南京、汤包、肴肉全是仙境里的东西，母亲每讲起那些事，总有无限的温柔，她既不感伤，也不怨叹，只是那样平静地说着。她并不要把那个世界拉回来,我一直都知道这一点,我很安心,我知道下一顿饭她仍然会坐在老地方,吃那盘我们大家都不爱吃的剩菜。而到夜晚,她会照例一个门一个窗地去检点去上闩。她一直都负责把自己牢锁在这个家里。

哪一个母亲不曾是穿着羽衣的仙女呢?只是她藏好了那件衣服,然后用最黯淡的一件粗布把自己掩藏了,我们有时以为她一直就是那样的。

而此刻,那刚听完故事的小女儿鬼鬼地在窥伺着什么?

她那么小,她何由得知?她是看多了卡通,听多了故事吧?她也发现了什么吗?

是在我的集邮本偶然被儿子翻出来的那一刹那吗?是在我拣出石涛画册或汉碑并一页页细味的那一刻吗?是在我猛然回首听他们弹一阕熟悉的钢琴练习曲的时候吗?抑是在我带他们走过年年的春光,不自主地驻足在杜鹃花旁或流苏树下的一瞬间吗?

或是在我动容地托住父亲的勋章或童年珍藏的北平画片的时候,或是在我翻拣夹在大字典里的干叶之际,或是在我轻声地教他们背一首唐诗的时候……

是有什么语言自我眼中流出吗?是有什么音乐自我腕底泻过

吗？为什么那小女孩会问道：

“妈妈，你是不是仙女变的呀？”

我不是一个和千万母亲一样安分的母亲吗？我不是把属于女孩的羽衣收折得极为秘密吗？我在什么时候泄漏了自己呢？

在我的书桌底下放着一个被人弃置的木质砧板，我一直想把它挂起来当一幅画，那真该是一幅庄严的画，那样承受过万万千千生活的刀痕和凿印的，但不知为什么，我一直也没有把它挂出来……

天下的母亲不都是那样平凡不起眼的一块砧板吗？不都是那样柔顺地接纳了无数尖锐的割伤却默无一语的砧板吗？

而那小女孩，是凭什么神秘的直觉，竟然会问我：

“妈妈？你到底是不是仙女变的？”

我掰开她的小手，救出我被吊得酸麻的脖子，我想对她说：

“是的，妈妈曾经是一个仙女，在她做小女孩的时候，但现在，她不是了，你才是，你才是一个小小的仙女！”

但我凝注着她晶亮的眼睛，只简单地说了一句：

“不是，妈妈不是仙女，你快睡觉。”

“真的？”

“真的！”

她听话地闭上了眼睛，旋又不放心地睁开：

“如果你是仙女,也要教我仙法哦!”

我笑而不答,替她把被子掖好,她兴奋地转动着眼珠,不知在想什么。

然后,她睡着了。

故事中的仙女既然找回了羽衣,大约也回到云间去睡了。

风睡了,鸟睡了,连夜也睡了。

我守在两张小床之间,久久凝视着他们的睡容。

许士林的独白

——献给那些睽违母颜比十八年

更长久的天涯之人

驻马自听

我的马将十里杏花跑成一掠眼的红烟,娘!我回来了!

那尖塔戳得我的眼疼,娘,从小,每天,它嵌在我的窗里,我的梦里,我寂寞童年唯一的风景,娘。

而今,新科的状元,我,许士林,一骑白马、一身红袍来拜我的娘亲。

马踢起大路上的清尘,我的来处是一片雾,勒马蔓草间,一垂鞭,前尘往事,都到眼前。我不需有人讲给我听,只要溯着自己一身的血脉往前走,我总能遇见你,娘。

而今,我一身状元的红袍,有如十八年前,我是一个全身通红的赤子,娘,有谁能撕去这袭红袍,重还我为赤子?有谁能抟我为无知的泥,重回你的无垠无限?

都说你是蛇,我不知道,而我总坚持我记得十月的相依,我是小渚,在你初暖的春水里被环护,我抵死也要告诉他们,我记得你乳汁的微温。他们总说我只是梦见,他们总说我只是猜想,可是,娘,我知道我是知道的,我知道你的血是温的,泪是烫的,我知道你的名字是"母亲"。

而万古乾坤,百年身世,我们母子就那样缘薄吗?才甫一月,他们就把你带走了。有母亲的孩子可聆母亲的音容,没母亲的孩子可依向母亲的坟头,而我呢,娘,我向何处破解恶狠的符咒?

有人将中国分成江南江北,有人把领域划成关内关外,但对我而言,娘,这世界被截成塔底和塔上。塔底是千年万世的黝黑浑沌,塔外是荒凉的日光,无奈的春花和忍情的秋月……

塔在前,往事在后,我将前去祭拜,但,娘,此刻我徘徊伫立,十八年,我重溯断了的脐带,一路向你泅去,春阳暖暖,有一种令人没顶的怯惧,一种令人没顶的幸福。塔牢牢地楔死在地里,像以往一样牢,我不敢相信你驮着它有十八年之久,我不能相信,它会永永远远镇住你。

十八年不见,娘,你的脸会因长期的等待而萎缩干枯吗?有人说,你是美丽的,他们不说我也知道。

认　取

你的身世似乎大家约好了不让我知道,而我是知道的,当我在井旁看一个女子汲水,当我在河畔看一个女子浣衣,当我在偶然的一瞥间看见当窗绣花的女孩,或在灯下衲鞋的老妇,我的眼眶便乍然湿了。娘,我知道你正化身千亿,向我絮絮地说起你的形象。

娘，我每日不见你，却又每日见你，在凡间女子的颦眉瞬目间，将你一一认取。

而你，娘，你在何处认取我呢？在塔的沉重上吗？在雷峰夕照的一线酡红间吗？在寒来暑往的大地腹腔的脉动里吗？

是不是，娘，你一直就认识我，你在我无形体时早已知道我，你从茫茫大化中拼我成形，你从冥漠空无处抟我成体。

而在峨嵋山，在竞绿赛青的千岩万壑间，娘，是否我已在你的胸臆中。当你吐纳朝霞夕露之际，是否我已被你所预见？我在你曾仰视的霓虹中舒昂，我在你曾倚以沉思的树干内缓缓引升，我在花，我在叶，当春天第一声小草冒地而生并欢呼时，你听见我。在秋后零落断雁的哀鸣里，你分辨我，娘，我们必然从一开头就是彼此认识的。娘，真的，在你第一次对人世有所感有所激的刹那，我潜在你无限的喜悦里，而在你有所怨有所叹的时分，我藏在你的无限凄凉里，娘，我们必然是从一开头就彼此认识的，你能记忆吗？娘，我在你的眼，你的胸臆，你的血，你的柔和如春浆的四肢。

湖

娘，你来到西湖，从叠烟架翠的峨嵋到软红十丈的人间，人间对你而言是非走一趟不可的吗？但里湖、外湖、苏堤、白堤，娘，竟没有一处可堪容你。千年修持，抵不了人间一字相传的血脉姓氏，为什么人类只许自己修仙修道，却不许万物修得人身跟自己平起平坐呢？娘，我一页一页地翻圣贤书，一个一个地去阅人的脸，所谓圣贤书无非要我们做人，但为什么真的人都不想做人呢？娘啊！阅遍了人和书，我只想长哭，娘啊，世间原来并没有人跟你一样痴心地想做人啊！岁岁年年，大雁在头顶的青天上反复指示“人”字是怎么写的，但是，娘，没有一个人在看，更没有一个人看懂了啊！

南屏晚钟，三潭印月，曲院风荷，文人笔下西湖是可以有无限题咏的。冷泉一径冷着，飞来峰似乎想飞到哪里去，西湖的游人万千，来了又去了，谁是坐对大好风物想到人间种种就感激欲泣的人呢，娘，除了你，又有谁呢？

雨

西湖上的雨就这样来了，在春天。

是不是从一开头你就知道和父亲注定不能天长日久做夫妻呢？茫茫天地，你只死心塌地眷着伞下的那一刹那温情。湖色千顷，水波是冷的，光阴百代，时间是冷的，然而一把伞，一把紫竹为柄的八十四骨的油纸伞下，有人跟人的聚首，伞下有人世的芳馨，千年修持是一张没有记忆的空白，而伞下的片刻却足以传诵千年。娘，从峨嵋到西湖，万里的风雨雷雹何尝在你意中，你所以眷眷于那把伞，只是爱与那把伞下的人同行，而你心悦那人，只是因为你爱人世，爱这个温柔绵缠的人世。

而人间聚散无常，娘，伞是聚，伞也是散，八十四支骨架，每一支都可能骨肉撕离。娘啊！也许一开头你就是都知道的，知道又怎样，上天下地，你都敢去较量，你不知道什么叫生死。你强扯一根天上的仙草而硬把人间的死亡扭成生命，金山寺一斗，胜利的究竟是谁呢，法海做了一场灵验的法事，而你，娘，你传下了一则喧腾人口的故事。人世的荒原里谁需要法事？我们要的是可以流传百世的故事，可以乳养生民的故事，可以辉耀童年的梦寐和老年的记忆的故事。

而终于，娘，绕着那一湖无情的寒碧，你来到断桥，斩断情缘的断桥。故事从一湖水开始，也向一湖水结束，娘，峨嵋是再也回不去了。在断桥，一场惊天动地的婴啼，我们在彼此的眼泪中相逢，然后，分离。

合　钵

一只钵，将你罩住，小小的一片黑暗竟是你而今而后头上的苍穹。娘，我在恶梦中惊醒千回，在那份窒息中挣扎。都说雷峰塔会在凄美的夕照里趺坐，千年万世，只专为镇压一个女子的情痴，娘，镇得住吗？我是不信的。

世间男子总以为女子一片痴情是在他们身上，其实女子所爱的哪里是他们，女子所爱的岂不也是春天的湖山、山间的晴岚、岚中的万紫千红？女子所爱的是一切好气象、好情怀，是她自己一寸心头万顷清澈的爱意，是她自己也说不清道不尽的满腔柔情。像一朵菊花的"抱香枝头死"，一个女子紧紧怀抱的是她自己亮烈美丽的情操，而一只法海的钵能罩得住什么？娘，被收去的是那桩婚姻，收不去的是属于那婚姻中的恩怨牵挂，被镇住的是你的身体，不是你的着意飘散如暮春飞絮的深情。

——而即使身体，娘，他们也只能镇住少部分的你，而大部分的你却在我身上活着。是你的傲气塑成我的骨，是你的柔情流成我的血。当我呼吸，娘，我能感到属于你的肺纳，当我走路，我想到你在这世上的行迹。娘，法海始终没有料到，你仍在西湖，在千山万水间自在地观风望月并且读圣贤书，想天下事，与万千世人摩肩接踵　借一个你的骨血揉成的男孩，借你的儿子。

不管我曾怎样凄伤，但一想起这件事，我就要好好活着，不仅为争一口气，而是为赌一口气！娘，你会赢的，世世代代，你会在我和我的孩子身上活下去。

祭　塔

而娘，塔在前，往事在后，十八年乖隔，我来此只求一拜——人间的新科状元，头簪宫花，身着红袍，要把千般委屈，万种凄凉，都并作纳头一拜。

娘！

那豁然撕裂的是土地吗？

那倏然崩响的是暮云吗？

那颓然而倾斜的是雷峰塔吗？

那哽咽垂泣的是娘，你吗？

是你吗？娘，受孩儿这一拜吧！

你认识这一身通红吗？十八年前是红通通的赤子，而今是宫花红袍的新科状元许士林。我多想扯碎这一身红袍，如果我能重还为你当年怀中的赤子，可是，娘，能吗？

当我读人间的圣贤书，娘，当我援笔为文论人间事，我只想到，我是你的儿，满腔是温柔激荡的爱人世的痴情。而此刻，当我纳头而拜，我是我父之子，来将十八年的亏疚无奈并作惊天动地的一叩首。

且将我的额血留在塔前，作一朵长红的桃花：笑傲朝霞夕照，且将那崩然有声的头颅击打大地的声音化作永恒的暮鼓，留给法海听，留给一骇而倾的塔听。

人间永远有秦火焚不尽的诗书，法钵罩不住的柔情，娘，唯将今夕的一凝目，抵十八年数不尽的骨中的酸楚，血中的辣辛，娘！

终有一天雷峰会倒，终有一天尖耸的塔会化成飞散的泥尘，长存的是你对人间那一点执拗的痴！

当我驰马而去，当我在天涯地角，当我歌，当我哭，娘，我忽然明白，你无所不在地临视我，熟知我，我的每一举措于你仍是当年的胎动，扯你，牵你，令你惊喜错愕，令你隔着大地的腹部摸我，并且说："他正在动，他正在动，他要干什么呀？"

让塔骤然而动，娘，且受孩儿这一拜！

后记:许士林是故事中白素贞和许仙的儿子,大部分的叙述者都只把情节说到“合钵”为止,平剧中“祭塔”一段也并不经常演出,但我自己极喜欢这一段,我喜欢那种利剑斩不断、法钵罩不住的人间牵绊,本文试着细细表出许士林叩拜囚在塔中的母亲的心情。

也是水湄

那条长几就摆在廊上。

廊在卧室之外，负责数点着有一阵没一阵的夜风。

那是四月，初次燠热起来的一个晚上，我不安地坐在廊上，十分不甘心那热，仿佛想生气，只觉得春天越来越不负责，就那么风风雨雨闹了一阵，东渲西染地抹了几许颜色，就打算草草了事收场了。

这种闷气，我不知道找谁去发作。

丈夫和孩子都睡了，碗筷睡了，家具睡了，满墙的书睡了，好像大家都认了命，只有我醒着，我不认，我还是不同意。春天不该收场的。可是我又为我的既不能同意又不能不同意而懊丧。

我坐在深褐色的条几上，几在廊上，廊在公寓的顶楼，楼在新生南路的巷子里——似乎每一件事都被什么阴谋规规矩矩地安排好了，可是我清楚知道，我并不在那条几上，正如我规规矩矩背好的身份证上长达十个字的统一编号，背自己的邻里地址和电话，在从小到大的无数表格上填自己的身高、体重、履历、年龄、籍贯和家属——可是，我一直知道，我不在那里头，我是寄身在浪头中的一片白，在一霎眼中消失，但我不是那浪，我是那白，我是纵身在浪中而不属于浪的白。

也许所有的女人全是这样的，像故事里的七仙女或者螺蛳精，守住一个男人，生儿育女，执一柄扫把日复一日地扫那四十二坪①地

① 坪，日式面积单位，四十二坪约合一百四十平方米。

（算来一年竟可以扫五甲地），像吴刚或薛西佛①那样擦抹永世擦不完的灰尘，煮那像“宗教”也像“道统”不得绝祠的三餐——可是，所有的女人仍然有一件羽衣，锁在箱底，她并不要羽化而去；她只要在启箱检点之际，相信自己曾是有羽的羽族，那就够了。

如此，那夜，我就坐在几上而又不在几上，兀自怔怔地发呆。

报纸和茶绕着我的膝成半圆形，那报纸因为刚分了类，看来竟像一垛垛的砌砖，我恍惚成了俯身古城墙凭高而望的人，高棉②在下，越南在下，孟加拉在下，乌干达在下，“暮春三月，江南草长，杂花生树，群莺乱飞”的故土在下……

夜忽然凉了，我起身去寻披肩把自己裹住。

一钵青藤在廊角执意地绿着，我大部分的时间都不肯好好看它，我一直搞不清楚，它到底是委屈的还是悲壮的。

我决定还要坐下去。

是为了跟夜僵持？跟风僵持？抑是跟不明不白就要消失了的暮春僵持？我不知道。我只知道我不要去睡，而且，既不举杯，也不邀月，不跟山对弈，不跟水把臂，只想那样半认真半不认真地坐着，只想感觉到山在水在鸟在林在就好了，只想让冥漠大化万里江山知道有

① 即希腊神话中的西西弗斯。

② 即柬埔寨。

个我在就好了。

我就那样坐着,把长椅坐成了小舟。而四层高的公寓下是连云公园,园中有你纠我缠的榕树,榕树正在涨潮,我被举在绿色的柔浪上,听绿波绿涛拍舷的声音。

于是,渐渐地,我坚持自己听到了“流水绕孤村”的潺湲的声音,真的,你不必告诉我那是巷子外面新生南路上的隆隆车声,车子何尝不可以“车如流水”呢？一切的音乐岂不是在一侧耳之间温柔,一顾首之间庄严的吗？于无弦处听古琴,于无水处赏清音,难道是不可能的吗?

何况,新生南路的前身原是两条美丽的夹堤,柳枝曾在这里垂烟,杜鹃花曾把它开成一条“丝路”——五彩的丝,而我们房子的地基便掘在当年的稻香里。

我固执地相信,那古老的水声仍在,而我,是泊船水湄的舟子。

新生南路,车或南,车或北,轮辙不管是回家,或是出发,深夜行车不论是为名是为利,那也算得是一种足音了。其中某个车子里的某一把青蔬,明天会在某家的餐桌上出现,某个车子里的鸡蛋又会在某个孩子的饭盒里躺着,某个车中的夜归人明天会写一首诗,让我们流泪,人间的扯牵是如此庸俗而又如此深情,我要好好地听听这种水声。

如果照古文字学者的意思，“湄”字就是“水草交”的意思，是水跟岸之间的亦水亦岸亦草的地方，是那一注横如眼波的水上浅浅青青温温柔柔如一带眉毛的地方。这个字太秀丽，我有时简直不敢轻易出口。

今夜，新生南路仍是圳水，今夜，我是泊舟水湄的舟子。

忽然，我安下心平下气来，春仍在，虽然这已是阴历三月的最后一夜了。正如题诗在壁，壁坏诗消，但其实诗仍在，壁仍在——因为泥仍在。曾经存在过的便不会消失。春天不曾匿迹，他只是更强烈地投身入夏，原来夏竟是更朴实更浑茂的春，正如雨是更细心更舍己的液态的云。

今夜，系舟水湄，我发现，只要有一点情意，我是可以把车声宠成水响，把公寓爱成山色的。

就如此，今夜，我将系舟在也是水湄的地方。

饮啄篇

一饮一啄无不循天之功，因人之力，思之令人五内感激；至于一桌之上，含哺之恩，共箸之情，乡关之爱，泥土之亲，无不令人庄严——

白　柚

每年秋深的时候，我总要去买几只大白柚。

不知为什么，这件事年复一年的做着，后来竟变成一件慎重其事有如典仪一般的行为了。

大多数的人都只吃文旦，文旦是瘦小的，纤细的，柔和的，我嫌它甜得太软弱。我喜欢柚子，柚子长得极大，极重，不但圆，简直可以算做是扁的，好的柚瓣总是涨得太大，把瓣膜都能涨破了，真是不可思议。

吃柚子多半是在子夜时分，孩子睡了，我和丈夫在一盏灯下慢慢地剥开那芳香噀人的绿皮。柚瓣总是让我想到宇宙，想到彼此牵绊互相契合的万类万品。我们一瓣一瓣地吃完它，情绪上几乎有一种虔诚。

人间原是可以丰盈完整，相与相洽，像一只柚子。

当我老时，秋风冻合两肩的季节，你，仍偕我去市集上买一只白柚吗？灯下一圈柔黄——两头华发渐渐相对成两岸的芦苇，你仍与我共食一只美满丰盈的白柚吗？

面包出炉时刻

我最不能抗拒的食物，是谷类食物。

面包、烤饼、剔圆透亮的饭粒都使我忽然感到饥饿。现代人从某种意义上来说是“吃肉的一代”，但我很不光采地坚持着喜欢面和饭。

有次，是下雨天，在乡下的山上看一个陌生人的葬仪，主礼人捧着一箩谷子，一边洒一边念，“福禄子孙——有喔——”忽然觉得眼眶发热，忽然觉得五谷真华丽，真完美，黍稷的馨香是可以上荐神明，下慰死者的。

是三十岁那年吧，有一天，正慢慢地嚼着一口饭，忽然心中一惊，发现满口饭都是一粒一粒的种子。一想到种子立刻凛然敛容，不知道吃的是江南哪片水田里的稻种，不知道是经过几世几劫，假多少手流多少汗才到了台湾，也不知道它是来自嘉南平原还是遍野甘蔗被诗人形容甜如“一块方糖”的小城屏东。但不管这稻米是来自何处，我都感激，那里面有叨叨絮絮的深情切意，从唐虞上古直说到如今。

我也喜欢面包，非常喜欢。

面包店里总是涨溢着烘焙的香味，我有时不买什么也要进去闻闻。

冬天的下午如果碰上面包出炉时刻真是幸福，连街上的空气都一时喧哗哄动起来，大师傅捧着个黑铁盘子快步跑着，把烤得黄脆焦香的面包神话似的送到我们眼前。

我尤其喜欢那种粗大圆涨的麸皮面包，我有时竟会傻里傻气地买上一堆。传说里，道家修仙都要“避谷”，我不要“避谷”，我要做人，要闻它一辈子稻香麦香。

我有时弄不清楚我喜欢面包或者米饭的真正理由，我是爱那淡白质朴远超乎酸甜苦辣之上的无味之味吗？我是爱它那一直是穷人粮食的贫贱出身吗？我是迷上了那令我恍然如见先民的神圣肃穆的情感吗？或者，我只是爱那炊饭的锅子乍掀、烤炉初启的奇异喜悦呢？

我不知道，我只知道在这个杂乱的世纪能走尽长街，去伫立在一间面包店里等面包出炉的一刹那，是一件幸福的事。

球与煮饭

我每想到那个故事，心里就有点酸恻，有点欢忭，有点惆怅无奈，却又无限踏实。

那其实不是一则故事,那是报尾的一段小新闻,主角是王贞治的妻子,那阵子王贞治正是热门,他的全垒打眼见要赶到美国某球员的前面去了。

他果真赶过去了,全日本守在电视机前的观众疯了!他的两个孩子当然更疯了!

事后照例有记者去采访,要王贞治的妻子发表感想——记者真奇怪,他们老是假定别人一脑子都是感想。

“我当时正在厨房里烧菜——听到小孩大叫,才知道的。”

不知道那是她生平的第几次烹调,孩子看完球是要吃饭的,丈夫打完球也是得侍候的,她日复一日守着厨房——没人来为她数记录,连她自己也没数过。世界上好像没有女人为自己的一日三餐数算记录,一个女人如果熬到五十年金婚,她会烧五万四千多顿饭,那真是疯狂,女人硬是把小小的厨房用馨香的火祭供成了庙宇了。她自己是终身以之的祭司,比任何僧侣都虔诚,一日三举火,风雨寒暑不断,那里面一定有些什么执着,一定有些什么令人落泪的温柔。

让全世界去为那一棒疯狂,对一个终身执棒的人而言,每一棒全垒打和另一棒全垒打其实都一样,都一样是一次完美的成就,但也都一样可以是一种身清气闲不着意的、有如呼吸一般既神圣又自如的一击。东方哲学里一切的好都是一种“常”态,“常”字真好,有一种天长地久无垠无限的大气魄。

那一天,全日本也许只有两个人没有守在电视机前,只有两个人没有盯着记录牌看,只有两个人没有发疯,那是王贞治的妻子和王贞治自己。

香　椿

香椿芽刚冒上来的时候,是暗红色,仿佛可以看见一股地液喷上来,把每片嫩叶都充了血。

每次回屏东娘家,我总要摘一大抱香椿芽回来。孩子们都不在家,老爸老妈坐对四棵前后院的香椿,当然是来不及吃的。

记忆里妈妈不种什么树,七个孩子已经够排成一列树栽子了,她总是说“都发了人了,就发不了树啦!”可是现在,大家都走了,爸妈倒是弄了前前后后满庭的花,满庭的树。

我踮起脚来,摘那最高的尖芽。

不知为什么,椿树在传统文学里被看作一种象征父亲的树。对我而言,椿树是父亲,椿树也是母亲,而我是站在树下摘树芽的小孩。那样坦然地摘着,那样心安理得地摘,仿佛做一棵香椿树就该给出这些嫩芽似的。

年复一年我摘取,年复一年,那棵树给予。

我的手指已习惯于接触那柔软潮湿的初生叶子的感觉,那种攀摘令人惊讶浩叹,那不胜柔弱的嫩芽上竟仍把得出大地的脉动,所有的树都是大地单向而流的血管,而香椿芽,是大地最细致的微血管。

我把主干拉弯,那树忍着,我把支干扯低,那树忍着,我把树芽采下,那树默无一语。我撇下树回头走了,那树在伤痕上自己努力结了疤,并且再长新芽,以供我下次攀摘。

我把树芽带回台北,放在冰箱里,不时取出几枝,切碎,和蛋,炒得喷香的,放在餐桌上,我的丈夫和孩子争着嚷说炒得太少了。

我把香椿夹进嘴里,急急地品味那奇异的芳烈的气味,世界仿佛一刹时凝止下来,浮士德在魔鬼给予的种种尘世欢乐之后仍然迟迟说不出口的那句话,我觉得我是能说的:

“太完美了,让时间在这一瞬间停止吧!”

不纯是为了那树芽的美味,而是为了那背后种种因缘,岛上最南端的小城,城里的老宅,老宅的故园,园中的树,象征父亲也象征母亲的树。

万物于人原来是可以如此亲和的。吃,原来也可以像宗教一般庄严肃穆的。

韭菜合子

我有时绕路跑到信义路四段,专为买几个韭菜合子。

我不喜欢油炸的那种,我喜欢干炕的。买韭菜合子的时候,心情照例是开朗的,即使排队等也觉高兴——因为毕竟证明吾道不孤,有那么多人喜欢它!我喜欢看那两个人合作无间地一个擀,一个炕,那种美好的搭配间仿佛有一种韵律似的。那种和谐不下于钟跟鼓的完美互足,或日跟夜的循环交替。

我其实并不喜欢韭菜的冲味,但却仍旧去买——只因为喜欢买,喜欢看热烫鼓腹的合子被一把长铁叉翻取出来的刹那。

我又喜欢"合子"那两个字,一切"有容"的食物都令我觉得神秘有趣,像包子、饺子、春卷,都各自含容着一个奇异的小世界,像宇宙包容着银河,一只合子也包容着一片小小的乾坤。

合子是北方的食物,一口咬下仿佛能咀嚼整个河套平原,那些麦田,那些杂粮,那些硬茧的手!那些一场骤雨乍过在后院里新剪的春韭。

我爱这种食物。

有一次,我找到漳州街,去买山东煎饼(一种杂粮混制的极薄的饼），但去晚了，房子拆了，我惆怅地站在路边，看那跋扈的大厦傲然地在搭钢筋，我不知到哪里去找那失落的饼。

而韭菜合子侥幸还在满街贩卖。

我是去买一样吃食吗？抑是去找寻一截可以摸可以嚼的乡愁？

瓜　子

丈夫喜欢瓜子，我渐渐也喜欢上了，老远地跑到西宁南路去买，只为他们在封套上印着“徐州”两个字。徐州是我没有去过的故乡。

人是一种麻烦的生物。

我们原来不必有一片屋顶的，可是我们要。

屋顶之外原来不必有四壁的，可是我们要。

四壁之间又为什么非有一盏秋香绿的灯呢？灯下又为什么非有一张桌子呢？桌子上摆完了三餐又为什么偏要一壶茶呢？茶边凭什么非要一碟瓜子不可呢？

可是，我们要，因为我们是人。我们要属于自己的安排。

欲求，也可以是正大光明的，也可以是“此心可质天地”的。偶尔，夜深时，我们各自看着书或看着报，各自嗑着瓜子，有一搭没一搭地聊着，上一句也许是愁烦小女儿不知从哪里搞来一只猫，偷偷放在阳台上养，中间一句也许是谈一个二十年前老友的婚姻，而下面一句也许忽然想到组团到美国演出还差多少经费。

我们说着话，瓜子壳渐渐堆成一座山。

许多事，许多情，许多说了的和没说的全在嗑瓜子的时刻完成。

孩子们也爱瓜子，可是不会嗑，我们把嗑好的白白的瓜子仁放在他们白白的小手上，他们总是一口吃了，回过头来说："还要！"

我们笑着把他们支走了。

嗑瓜子对我来说是过年的项目之一。小时候，听大人说："有钱天天过年，没钱天天过关。"

而嗑瓜子让我有天天过年的错觉。

事实上，哪一夜不是除夕呢？每一夜，我们都要告别前身，每一黎明，我们都要面对更新的自己。

今夜，我们要不要一壶对坐，就着一灯一桌共一盘瓜子，说一兜说不完的话？

蚵仔面线

我带小女儿从永康街走过，两侧是饼香葱香以及烤鸡腿烤玉米烤番薯的香。

走过“米苔目”和肉粳的摊子，我带她在一锅蚵仔面线前站住。

“要不要吃一碗？”

她惊奇地看着那黏糊糊的线面，同意了，我给她叫了一碗，自己站在旁边看她吃。

她吃完一碗说：

“太好吃了，我还要一碗！”

我又给她叫一碗。

以后，她变成了蚵仔面线迷，又以后，不知怎么演变的，家里竟走出了一个法定的蚵仔面线日，规定每星期二一定要带他们吃一次，作为宵夜。这件事原来也没有认真，但直到有一天，因为有事不能带他们去，小女儿竟委屈地躲在床上偷哭，我们才发现事情原来比我们想象的要顶真。

那以后，到了星期二，即使是下雨，我们也只得去端一锅回来。不下雨的时候，我们便手拉手地去那摊边坐下，一边吃，一边看满街流动的彩色和声音。

一碗蚵仔面线里，有我们对这块土地的爱。

一个湖南人，一个江苏人，在这个岛上相遇，相爱，生了一儿一女，四个人坐在街缘的摊子上，摊子在永康街（多么好听的一条街)。而台北的街市总让我又悲又喜,环着永康的是连云,是临沂,是丽水,是青田(出产多么好的石头的地方啊!)而稍远的地方有属于孩子妈妈原籍的那条铜山街,更远一点,有属于孩子父亲的长沙街,我出生的地方叫金华,金华如今是一条街,我住过的地方是重庆、南京和柳州,重庆、南京和柳州也各是一条路。临别那块大陆是在广州,一到广州街总使我黯然。下船的地方是基隆,奇怪,连基隆也有一条路。

台北的路伸出纵横的手臂抱住中国的版图,而台北却又不失其为台北。

只是吃一碗蚵仔面线,只是在小小窄窄的永康街,却有我们和我们儿女对这块土地无限的爱。

衣履篇

人生于世，相知有几？而衣履相亲，亦凉薄世界中之一聚散也——

羊毛围巾

所有的巾都是温柔的，像汗巾、丝巾和羊毛围巾。

巾不用剪裁，巾没有形象，巾甚至没有尺码，巾是一种温柔得不会坚持自我形象的东西，它被捏在手里，包在头上，或绕在脖子上，巾是如此轻柔温暖，令人心疼。

巾也总是美丽的，那种母性的美丽，或抽纱或绣花，或泥金或描银，或是织棉，或是钩纱，巾总是美得那么细腻娴雅。

而这个世界是越来越容不下温柔和美丽了，罗伯特·泰勒死了，史都华·格兰杰老了，费·雯丽消失了，取代的是查理士·布朗逊，是〇〇七，是冷硬的简·芳达和费·唐娜薇。

惟有围巾仍旧维持着一份古典的温柔，一份美。

我有一条浅褐色的马海羊毛围巾，是新春去了壳的大麦仁的颜色，错觉上几乎嗅得到麸皮的干香。

即使在不怎么冷的日子，我也喜欢围上它，它是一条不起眼的围巾，但它的抚触轻暖，有如南风中的琴弦，把世界遗留在恻恻轻寒中，我的项间自有一圈暖意。

忽有一天，在惯行的山径上走，满山的芒草柔软地舒开，怎样的年年芒色啊！这才发现五节芒和我的羊毛围巾有着相同的色调和触觉，秋山寂清，秋容空寥，秋天也正自搭着一条芒巾吧，从山巅绕到低谷，从低谷拖到水湄，一条古旧温婉的围巾啊！

以你的两臂合抱我，我的围巾，在更冷的日子你将护住我的两耳焐着我的发。你照着我的形象而委曲地折叠你自己，从左侧环护我，从右侧萦绕我，你是柔韧而忠心的护城河，你在我的坚强梗硬里纵容我，让我也有些小小的柔弱，小小的无依，甚至小小的撒娇作痴。你在我意气风发飘然上举几乎要破躯而去的时候，静静地伸手挽住我，使我忽然意味到人世的温情，你使我猝然间软化下来，死心塌地留在人间。如山，留在茫茫扑扑的草阵里。

巾真的是温柔的，人间所有的巾，以我的那一条。

背　袋

我有一个背袋，用四方形碎牛皮拼成的，我几乎天天背着，一背竟背了五年多了。

每次用破了皮，我到鞋匠那里请他补，他起先还肯，渐渐地就好心地劝我不要太省了。

我拿它去干洗,老板娘含蓄地对我一笑,说:“你大概很喜欢这个包吧?”

我说:“是啊!”

她说:“怪不得用得这么旧了!”

我背着那包,在街上走着,忽然看见一家别致的家具店,我一走进门,那闲坐无聊的小姐忽然迎上来,说:

“咦,你是学画的吧?”

我坚决地摇摇头。

不管怎么样,我不舍得丢掉它。

它是我所有使用过的皮包里唯一可以装得下一本《辞源》,外加一个饭盒的,它是那么大,那么轻,那么强韧可信。

在东方,囊袋常是神秘的,背袋里永远自有乾坤,我每次临出门把那装得鼓胀的旧背袋往肩上一搭,心中一时竟会万感交集起来。

多少钱,塞进又流出,多少书,放进又取出,那里面曾搁入我多少次午餐用的面包,又有多少信,多少报纸,多少学生的作业,多少名片,多少婚丧喜庆的消息在其中伫足而又消失。

一只背袋简直是一段小型的人生。

曾经，当孩子的乳牙掉了，你匆匆将它放进去。曾经，山径上迎面栽跌下一枚松果，你拾了往袋中一塞。有的时候是一叶青蕨，有的时候是一捧贝壳，有的时候是身份证、护照、公车票，有的时候是给那人买的袜子、薰鸡、鸭肫或者阿斯匹林。

我爱那背袋，或者是因为我爱那些曾经真真实实发生过的生活。

背上袋子，两手就是空的，空了的双手让你觉得自在，觉得有无数可以掌握的好东西，你可以像国画上的隐士去策杖而游，你可以像英雄擎旗而战，而背袋不轻不重地在肩头，一种甜蜜的牵绊。

夜深时，我把整好的背袋放在床前，爱怜地抚弄那破旧的碎皮，像一个江湖艺人在把玩陈旧的行头，等待明晨的冲州撞府。

明晨，我仍将背上我的背袋去逐明日的风沙。

穿风衣的日子

香港人好像把那种衣服叫成“干湿褛”，那实在也是一个好名字，但我更喜欢我们在台湾的叫法——风衣。

每次穿上风衣，我会莫名其妙地异样起来，不知为什么，尤其刚扣好腰带的时候，我在错觉上总怀疑自己就要出发去流浪。

穿上风衣，只觉风雨在前路飘摇，小巷外有万里未知的路在等着,我有着一蓑烟雨任平生的莽莽情怀。

穿风衣的日子是该起风的,不管是初来乍到还不惯于温柔的春风,或是绿色退潮后寒意陡起的秋风。风在云端叫你,风透过千柯万叶以苍凉的颤音叫你,穿风衣的日子总无端地令人凄凉——但也因而无端地令人雄壮。

穿了风衣,好像就该有个故事要起头了。

必然有风在江南,吹绿了两岸,两岸的杨柳帷幕……

必然有风在塞北,拨开野草,让你惊见大漠的牛羊……

必然有风像旧戏中的流云彩带,圆转柔和地圈住一千一百万平方公里的海棠残叶。

必然有风像歌,像笛,一夜之间散遍洛城。

曾翻阅过汉高祖的白云的,曾翻阅唐玄宗的牡丹的,曾翻阅陆放翁的大散关的,那风,今天也翻阅你满额的青发,而你着一袭风衣,走在千古的风里。

风是不是天地的长喟?风是不是大块在血气涌腾之际搅起的不安?

风鼓起风衣的大翻领,风吹起风衣的下摆,刷刷地打我的腿。我瞿然四顾,人生是这样辽阔,我觉得有无限渺远的天涯在等我。

旅行鞋

那双鞋是麂皮的，黄铜色，看起来有着美好的质感，下面是软平的胶底，足有两公分厚。

鞋子的样子极笨，秃头，上面穿鞋带，看起来牢靠结实，好像能穿一辈子似的。

想起“一辈子”，心里不免怆然暗惊，但惊的是什么，也说不上来，一辈子到底是什么意思，半生又是什么意思？七十年是什么？多于七十或者少于七十又是什么？

每次穿那鞋，我都忍不住问自己，一辈子是什么？我拼命思索，但我依然不知道一辈子是什么。

已经四年了，那鞋秃笨厚实如昔，我不免有些恐惧，会不会，有一天，我已老去，再不能赴空山灵雨的召唤，再不能一跃而起前赴五湖三江的邀约，而它，却依然完好。

事实上，我穿那鞋，总是在我心情最好的时候，它是一双旅行鞋，我每穿上它，便意味着有一段好时间好风光在等我，别的鞋底惯于踏一片黑沉沉的柏油，但这一双，踏的是海边的湿沙，岸上的紫岩，它踏过山中的泉涧，踱尽林下的月光。但无论如何，我每见它时，总有一丝怅然。

也许不为什么，只为它是我唯一穿上以后真真实实去走路的一双鞋，只因我们一起踩遍花朝月夕万里灰沙。

或穿或不穿，或行或止，那鞋常使我惊奇。

牛仔长裙

牛仔布，是当然该用来作牛仔裤的。

穿上牛仔裤显然应该属于另外一个世界，但令人讶异的是牛仔布渐渐地不同了，它开始接受了旧有的世界，而旧世界也接受了牛仔布，于是牛仔短裙和牛仔长裙出现了。原来牛仔布也可以是柔和美丽的，牛仔马甲和牛仔西装上衣、牛仔大衣也出现了，原来牛仔布也可以是典雅庄重的。

我买了一条牛仔长裙，深蓝的，直拖到地，我喜欢得要命。旅途中，我一口气把它连穿七十天，脏了，就在朋友家的洗衣机里洗好、烘好，依旧穿在身上。

真是有点疯狂。

可是我喜欢带点疯狂时的自己。

所以我喜欢那条牛仔长裙，以及穿长裙时候的自己。

对旅人而言，多余的衣服是不必的，没有人知道你昨天穿什么，所以,今天,在这个新驿站,你有权利再穿昨天的那件,旅人是没有衣橱没有穿衣镜的,在夏天,旅人可凭两衫一裙走天涯。

假期结束时,我又回到学校,牛仔长裙挂起来,我规规矩矩穿我该穿的衣服。

只是,每次,当我拿出那条裙子的时候,我的心里依然涨满喜悦,穿上那条裙子,我就不再是母亲的女儿或女儿的母亲,不再是老师的学生或学生的老师,我不再有任何头衔任何职份。我也不是别人的妻子,不必管那四十二坪的公寓。牛仔长裙对我而言渐渐变成了一件魔术衣,一旦穿上,我就只是我,不归于任何人,甚至不隶属于大化。因为当我一路走,走入山,走入水,走入风,走入云,走着,走着,事实上竟是根本把自己走成了大化。

那时候,我变成了无以名之的我,一径而去,比无垠雪地上身披腥红斗篷的宝玉更自如,因为连左右的一僧一道都不存在。我只是我,一无所系,一无所属,快活得要发疯。

只是,时间一到,我仍然回来,扮演我被同情或被羡慕的角色,我又成了有以名之的我。

我因此总是用一种异样的情感爱我的牛仔长裙——以及身系长裙时的自己。

项　链

温柔之必要

肯定之必要

一点点酒和木樨花之必要

那句子是痖弦说的。

项链，也许本来也是完全不必要的一种东西，但它显然又是必要的，它甚至是跟人类文明史一样长远的。

或者是一串贝壳，一枚野猪牙，或者是埃及人的黄金项圈，或者是印第安人的天青色石头，或者是中国人的珠圈玉坠，或者是罗马人的古钱，以至土耳其人的宝石……项链委实是一种必要。

不单项链，一切的手镯、臂钏，一切的耳环、指环、头簪和胸针，都是必要的。

怎么可能有女孩子会没有一只小盒子呢？

怎么可能那只盒子里会没有一圈项链呢？

田间的番薯叶，堤上的小野花，都可以是即兴式的项链。而做小女孩的时候，总幻想自己是美丽的，吃完了释迦果，黑褐色的种子是项链；连爸爸抽完了烟，那层玻璃纸也被扭成花样，串成一环，那条玻璃纸的项链终于只做成半串,爸爸的烟抽得太少,而我长大得太快。

渐渐地,也有了一盒可以把玩的项链了,竹子的、木头的、石头的、陶瓷的、骨头的、果核的、贝壳的、镶嵌玻璃的,总之,除了一枚值四百元的玉坠,全是些不值钱的东西。

可是,那盒子有多动人啊!

小女儿总是瞪大眼睛看那盒子,所有的女儿都曾喜欢“借用”妈妈的宝藏,但她真正借去的,其实是妈妈的青春。

我最爱的一条项链是骨头刻的(刻骨两个字真深沉,让人想到刻骨铭心,而我竟有一枚真实的刻骨,简直不可思议),以一条细皮革系着,刻的是一个拇指大的襁褓中的小娃娃,圆圆扁扁的脸,可爱得要命。买的地方是印第安村,卖的人也说刻的是印第安婴儿,因为只有印第安人才把娃娃用绳子绑起来养。

我一看,几乎失声叫起来,我们中国娃娃也是这样的呀,我忍不住买了。

小女儿问我那娃娃是谁,我说:

“就是你呀!”

她仔细地看了一番,果真相信了,满心欢喜兴奋,不时拿出来摸摸弄弄,真以为就是她自己的塑像。

我其实没有骗她,那骨刻项链的正确名字应该叫做“婴儿”,它可以是印第安的婴儿,可以是中国婴儿,可以是日本婴儿,它可以是任何人的儿子、女儿,或者它甚至可以是那人自己。

我将它当胸而挂,贴近心脏的高度,它使我想到"彼亦人子也",我的心跳几乎也因此温柔起来,我会想起孩子极幼小的时候,想起所有人类在襁褓中的笑容。

挂那条项链的时候,我真的相信,我和它,彼此都美丽起来了。

红绒背心

那件红绒背心是我怀孕的时候穿的,下缘极宽,穿起来像一口钟。

那原是一件旧衣,别人送给我的,一色极纯的玫瑰红,大口袋上镶着一条古典的花边。

其他的孕妇装我全送人了,只留下这一件舍不得,挂在贮藏室里。它总是牵动着一些什么,平伏着一些什么。

怀孕的日子的那些不快不知为什么,想起来都模糊了。那些疼痛和磨难竟然怎么想都记不真切。真奇怪,生育竟是生产的人和被生的人都说不清楚过程的一件事。

而那样惊天动地的过程,那种参天地之化育的神秘经验,此刻几乎等于完全不存在了,仿佛星辰,你虽知道它在亿万年前成形,却完全不能重复那份记忆，你只见日升月恒，万象回环，你只觉无限敬畏。世上的事原来是可以在浑沌噩然中成其为美好的。

而那件红绒背心悬在那里，柔软鲜艳，那样真实，让你想起自己怀孕时期像一块璞石含容着一块玉的旧事。那时，曾有两脉心跳，交响于一副胸膛之内——而胸膛，在火色迸发的红绒背心之内。对我而言，它不是一件衣服，而是孩子的“创世纪”，我每怔望着它，就重温小胎儿在腹中来不及地膨胀时的力感。那时候，作为一个孕妇，怀着的竟是一个急速增大的银河系。真的，那时候，所有的孕妇是宇宙，有万种庄严。

而孩子大了，在那里自顾自地玩着他的集邮册或彩色笔。一年复一年，寒来暑往，我整衣服的时候，总看见那像见证人似的红绒背心悬在那里，然后，我习惯地转眼去看孩子，我感到寂寥和甜蜜。

惊

我喜欢那些把我吓得一惊的东西！

有一次去看画展，一进门，冷不防地被一整墙的张大千的大幅墨荷吓了一跳——哪里是荷花，简直是荷树！简直是荷森林！那样傲岸无人，而且很邪门的，竟像是还在继续往上长，一种要撑破什么似的放肆的生长！

冬天里，我喜欢用一只晶亮的矮玻璃杯喝赤艳的红茶——可是令人感伤的是，一盏茶总是在喝到一半的时候就凉了。

有一天，我偶然把茶放在南窗下的日光里，并且一面看书，一面不断地沿着日光的新脚痕移放它——那茶竟因而一直保持了温热，我老觉得它该凉了，然而它仍旧未凉，过了一会，我在心理上已准备好它该凉了，然而它仍旧未凉……

那一天，我真的吓了一跳，好像面对一片阳光中可以温暖到地老天荒的红茶似的！

有一次，傍晚上阳明山去开一个会，会开了些什么已经忘记了，却记得路上的一朵白花。

也许由于山径特别黑，车一转弯，山岩间蓦地冲出的一只白色野百合，硬是白得令人大吃一惊！仿佛整个夜色的黑全是凹的，单单为了衬托这一点浮凸的白，那白色又柔和又强悍，我从来没有料到一朵黑夜中的白花能白得那么立体，那么华艳，那么唯我独尊。

黄在美国修音乐博士的时候，她的老师这样告诉她："只要有情感，就算挨着电话簿念名字，也会念得人泪下。"我听了，如受一棒，就因为我们把电话簿上那些名字视为陌路，我们才彼此在对方的园囿外流浪的。

能在电话架上拥有一本记录着十万人姓名的电话簿，是一件动人心魄的事。

杜甫曾渴望做一个"语不惊人死不休"的诗人，但"去惊人"毕竟是少数人的事，能保持心灵的敏锐接受"被惊"才是大多数人应该追寻的经验，我喜欢生活中不断有新的惊讶和新的震撼。

圣诞之拓片

圣诞节有一种无法言述的浪漫情怀，由于圣诞节的那种美法已逸出生活的常轨，以致回忆中的圣诞节总是不十分真实——而且，圣诞节再来的时候，你又老以为是第一次，似乎金钟第一次交鸣，明星第一次放光……

曾有许多个圣诞，我急于将之制成拓片，那些零碎的片段常于我枯坐时寂然重现。

有一年，是圣诞节前两天，我去上课，下了课很疲倦，照例倚在交通车的椅背上养神，坐在我后面的是一位老教授，他看来比我更疲倦，事实上他的脸本身就是一种疲倦的形像。即使不上四堂课，也显然已在每一记皱纹里刻镂着人世的沧桑。活，大概是一件累人的事，他的脸疲倦得几乎扭了形。

可是，令人不能置信的，车开之后，我听到一阵细微的歌声，我瞿然回首，竟是他！那老教授，他闭着眼睛，安静地哼那首醉人的法国圣诞歌《美哉小城小伯利恒》，他竟能哼得那么好听，那歌本来就有一种介乎情歌和摇篮曲之间的温柔，他的疲倦似乎一下就消失了，在他的苍老的头脸里，在高起的衣领间，有一种极安详悠邈的神采，我惊住了，他竟有那么美的声音。

他从哪里学到这首歌？北平？异乡的小教堂？或从一个女孩的

琴韵——在年轻时，我不敢问他，只屏着息一路听他哼那首晶莹清越如一列冰坠的曲子。

有一年圣诞，有位朋友问我：

“你碰得见某牧师吗，我有一笔钱，要在圣诞节捐给穷人的，你帮我带给他好吗？圣诞节都到了，我还是没空拿去。”

我其实根本碰不到那位牧师，牧师住在郊区，但我仍然答应为他“顺便”带去。

那时候我的脚踏车还没有掉，便跨上车，为他去送那笔钱，渐行渐远，两侧只见稻田，我跳下车，看那收割后的空虚的土地，以及在微雨中被打潮的稻草堆。

我还有很远的路要走，但那稻草堆忽然使我驻足不前，当年，当基督降世的时候，他所选择的眠床不正是那一束干草吗？

我俯下身抚摸那充满泥土味的茎秆，基督曾把他自己送给贫乏的人类，在一个神奇的星夜，卑抑地睡在马槽的干草上，那么，我在小雨的黄昏去代送一笔钱给穷人，又算什么呢？

那天回家时，我全身都湿了，但心中充满温暖。

又 年，我去辅大演讲，讲完了，暮色已深，我急着打一个电话，于是转到理学院去找电话。

理学院没有开灯，整个浸沉在天地间的苍茫里，只有一棵巨大无比的旋转圣诞树矗立在入口处，脚灯将树影投向极高极高的屋顶，我一时以为走进了一则神话。

细碎可爱的音乐，给人一种现世的喜悦，我久久不能离去。

那大学我以后又去过很多次，我始终不愿白天去看那理学院的前厅，我不愿那里对我而言降级成为一个“地方”，我要它一直是我梦寐中的“境域”。

我有一个朋友是个混血儿，他的母亲是一位娇巧的德国南部褐发褐眼的女孩。十岁那年，他的外婆病了，他的母亲回欧洲，紧接着，一九四〇的欧战开始，他的母亲再不能回来。

她逃难，骑着一辆破脚踏车，什么随身之物都丢光了，却仍然固执地、无望地留着两个儿子的证件，杂乱的岁月延展，她的婚姻终于不得不结束，她流浪到美国，在医院里找了个工作，另结了婚。

一九五四年，那孩子廿五岁了，官校毕业不久，奉派到美国接受喷射机的训练，那年冬天基地放了圣诞节假，他从美国南部坐上飞机转巴士再加出租车，去千里外的俄勒冈寻找十五年前的母亲。

十五年过去了，进行的战争结束了，婚姻结束了，而在异国的圣诞夜，神话似的，母子仍是母子，门开时十五年的亲情仍是亲情。母亲给他一袭白色的套头毛衣。

那故事已经廿二年了，但奇怪的是那一夜的历程，说的人和听的人都不能忘记。

自从那年决定在圣诞期间演戏，我已很久不再在家里布置圣诞树或买圣诞灯了，演戏总是使人觉得一种虚脱的兴奋和疲倦。我甚至没有力气回圣诞卡，一出戏应该是一盒最大的圣诞礼物，其中有我和我的朋友所能付出的一切。

那年圣诞节，孩子睡了，我在整理一件演员的衣服，大门不知为什么没关好，三个女孩子走进来。

“我们没有事。”其中一个说。

“只是圣诞夜想来看看你。”另一个说。

还有一个似乎连话也没有说。

我一时愣住，根本也不知说什么。

可是安静的夜，沉沉地伸出手来把我们围住，没有人说明，可是被说明的东西却很多。我了解她们的善意，我觉得她们也了解我的。

然后，简直有点像故事，她们又走了，我很欣然，又很惆怅，每想起她们的时候，也是觉得又近又远，像一首老歌。

接到马的卡片很为之激动，卡片是自制的，上面有一两枚枫的拓片，枫叶摘自他们八年前的蜜月旅行，美丽的脉络在拓片上仍历历分明，简直是一方“天地有情”的印石。

我其实和他总共没说过几句话，他送我们卡片是因为看到我们所写的《另一半的描述》。他说：“愿天下眷属俱有情如斯。”

我爱那张卡片，我爱那红枫的拓影，以及赠卡的那一家人，以及普天之下所有的“有情”。

我也急于将记忆中的圣诞锤为拓片，让那些故事的纤维一丝一缕地展现在岁暮时松柏的芬馨中。

情 怀

陈师道的诗说：

“好怀百岁几时开?”

其实，好情怀是可以很奢侈地日日有的。

退一步说，即使不是绝对快活的情怀，那又何妨呢？只要胸中自有其情怀，也就够好了。

一

校车过中山北路，偶然停在红灯前。一阵偶然的阳光把一株偶然的行道树的树影投在我的裙子上。我惊讶地望着那参差的树影——多么陌生的刺绣，是湘绣？还是苏绣？

然后，绿灯亮了，车开动了，绣痕消失了。

我那一整天都怀抱着满心异样的温柔，像过年时乍穿新衣的小孩，又像猝然间被黄袍加身的帝王，忽觉自己无限矜贵。

二

在乡间的小路边等车，车子死也不来。

我抱书站在那里，一筹莫展。

可是,等车不来,等到的却是疏篱上的金黄色的丝瓜花,花香成阵,直向人身上扑来,花棚外有四野的山,绕山的水,抱住水的岸,以及抱住岸的草,我才忽然发现自己已经陷入美的重围了。

在这样的一种驿站上等车,车不来又何妨?事不办又何妨?

车是什么时候来的?我忘了。事是怎么办的?我也忘了,长记不忘的是满篱生气勃勃照眼生明的黄花。

三

另一次类似的经验是在夜里,站在树影里等公车。那条路在白天车尘沸扬,可是在夜里却静得出奇。站久了我才猛然发现头上是一棵开着香花的树,那时节是暮春,那花是乳白色须状的花,我好像在什么地方听过它叫马鬃花。

暗夜里,我因那固执安静的花香感到一种互通声息的快乐,仿佛一个参禅者,我似乎懂了那花,又似乎不懂。懂它固然快乐——因为懂是一种了解,不懂又自是另一种快乐——唯其不懂才能挫下自己的锐气,心悦诚服地去致敬。

或以香息,或以色泽,花总是令我惊奇诧异。

四

五月里，我正在研究室里整理旧稿，一只漂亮的蓝蜻蜓忽然穿窗而入。我一下子措手不及，整个乱了手脚，又怕它被玻璃橱撞昏了，又想多挽留它一下，当然，我也想指点它如何逃走。

但整个事情发生得太快，它一会撞到元杂剧上，一会又撞在全唐诗上，一会又撞到莎剧全集上，我简直不知怎么办才好。

然后，不着痕的，仅仅在几秒之间，它又飞走了。

留下我怔怔地站在书与书之间。

是它把书香误作花香了呢？还是它蓄意要来棒喝我，要我惊悟读书一世也无非东撞一头西碰一下罢了。

我探头窗外，后山的岩石垒着岩石，相思树叠着相思树，独不见那只蜻蜓。

奇怪的是仅仅几秒的遇合，研究室中似乎从此就完全不一样了，我一直记得，这是一间蓝蜻蜓造访过的地方。

五

看儿子画画，忍不住噗哧一声笑了出来。

他用原子笔画了一幅太空画，线条很仔细，似乎有人在太空漫步，有人在太空船里，但令我失笑的是由于他正正经经地画了一间“移民局”。

这一代的孩子是自有他们的气魄的。

六

十一月，秋阳轻软如披肩，我置身在一座山里。

然后一个穿大红夹克的男孩走入小店来，手里拿着一叠粉红色的信封。

小店的主人急急推开木耳和香菇，迎了出来，他粗戛着嗓子叫道：

“欢迎，欢迎，喜从天降！你一来把喜气都带来啦！”

听口音，是四川人，我猜想他大概是退役的老兵，那腼腆的男孩咕哝了几句，又过了街到对面人家去挨户送帖子了。

我心中莫名地高兴着，在这荒山里，有一对男孩女孩要结婚了，也许全村的人都要去喝喜酒，我是外人，我不能留下来参加婚宴，但也一团欢喜，看他一路走着去分发自己的喜帖。

深山，淡日，万绿丛中红夹克的男孩，用毛笔正楷写得规规矩矩的粉红喜柬……在一个陌生过客的眼中原是可以如此亲切美丽的。

七

我在巷子里走，那公寓顶层的软枝黄蝉斜辨辨地垂下来。

我抬头仰望，站得像悬崖绝壁前的面壁修道人。

真不知道那花为什么会有那么长又那么好听的名字，我仰着脖子，定定地望着一片水泥森林中的那一涡艳黄，觉得有一种窥伺不属于自己的东西的快乐。

我终于下定决心去按那家的门铃。请那主妇告诉我她的电话号码，我要向她请教跟花有关的事，她告诉我她是段太太。

在一个心情很好的黄昏，我跟她通话。

“你府上是安徽？”说了几句话以后，我肯定地说。

“是啊，是啊。”她开心地笑了，“你怎么都知道啊？我口音太重了吧？”

问她花怎么种得那么好，她谦虚地说也没什么秘方，不过有时把洗鱼洗肉的水随便浇浇就是了。她又叫我去看她的花架，不必客气。

她说得那么轻松，我也不得要领——但是我忽然发觉，我原来并不想知道什么种花的窍门，我根本不想种花，我在本质上一向不过是个赏花人。可是,我为什么要去问呢?我也不知道,大概只是一时冲动,看了开得太好的花,就想知道它的主人。

以后再经过的时候,我的眼照例要搜索那架软枝黄蝉,并且有一种说不出的安心——因为知道它是段太太的花,风朝雨夕,总有个段太太会牵心挂意。这个既有软枝黄蝉又有段太太的巷子是多么好啊!

我是一个很容易就不放心的人——却也往往很容易就又放了心。

八

有一种病,我大概平均每一年到一年半之间,一定会犯一次——我喜欢逛旧货店。

旧货店不是古董店,古董店有一种逼人的贵族气息,我不敢进去。那种地方要钱,要闲,还要有学问,旧货店却是生活的,你如果买了旧货,不必钉个架子陈放它,你可以直接放在生活里用。

我去旧货店多半的时候其实并不买,我喜欢东张西望地看,黑洞洞不讲究装潢的厅堂里有桌子、椅子、柜子、床铺、书、灯台、杯子、熨斗、碗勺、刀叉、电唱机、唱片、洋娃娃、龙虾或玳瑁的标本、钩花桌巾……

我在那里摸摸翻翻，心情又平静又激越。

——曾有一些人在那里面生活过。

——在人生的戏台上，它们都曾是多么称职的道具。

——墙角的小浴盆，曾有怎样心慌意乱的小母亲站在它面前给新生的娃娃洗澡？

——门边的咖啡桌，是被哪个粗心的工人烫了三个茶杯印？

——那道书桌上的明显刀痕是不是小孩子弄的？他闯了祸不知道有没有挨骂？

——龙虾标本的尾巴怎么伤到的？

——烟灰缸怎么砸了一小角，是谁用强力胶沾上去的？

——那茶壶泡过多少次茶才积上如此古黯的茶垢？那人喝什么茶？乌龙？还是香片？

——酌过多少欢乐，那尘封的酒杯？

——照暖多少夜晚，那落地灯？

我就那样周而复始地摩挲过去，仿佛置身散戏后的剧场，那些人都到哪里去了？死了？散了？走了？或是仍在？

有人吊贾谊，有人吊屈原，有人吊大江赤壁中被浪花淘尽的千古英雄。但每到旧货店去，我想的是那些无名的人物，在许多细细琐琐的物件中,日复一日被消磨的小民。

泰山封禅,不同的古体字记载不同的王族。燕山勒铭,不同的石头记载不同的战勋。那些都是一些“发生”,一些“故事”。

我喜欢看到“故事”和“发生”。

那么真实强烈而又默无一语,生命在那里起灭,生活在那里完成,我喜欢旧货店。

九

我有一个黑色的小皮箱,是旅行时旧箱子坏了,朋友临时送我的。

朋友是因为好玩,跟她一个邻居老先生在“汽车间市集”(即临时买旧货处)贱价买来的。

把箱子转交给我的时候,她告诉我那号码是〇八八,然后,她又告诉我当时卖箱子的老先生说,他所以选〇八八,是因为中学踢足球的时候,背上的号码是〇八八。

每次开合箱子,我总想起那素昧平生的老人,想起他的少年,想起大红色的球衣,以及球衣背后的骄傲号码,是不是被许多男孩嫉妒的号码?是不是令许多女孩疯狂的号码?

每次一开一合间,我所取出取进的岂是衣衫杂物,那是一个呼之欲出的故事,一个鲜明活跃的特写,一种真真实实曾在远方远代进行的发生。

我怎么会惦念着一个不知名姓的异乡老人呢?这里面似乎有些东方式的神秘因缘。

或开,或合,我会在怔忡不解中想起那已是老人的背号○八八号的球员。

十

和旧货店相反,我也爱五金店。

旧货店里充满“已然”,充满“旧事”,而五金行里的一张搓板或一块海绵却充满“未知”。

“未知”使我敬畏,使我惘然,我站立在五金店里总有万感交集。

仿佛墨子的悲丝,只因为原来食于一棵桑树、养于一双女手、结茧于一个屋檐下的白丝顷刻间便“染于黄则黄”、“染于苍则苍”。它们将被织成什么?绣成什么?它们将去到什么地方?它们将怎样被对待?它们充满了一切好的和坏的可能性。

墨子因而悲怆了。

而我站在五金行里，望着那些堆在地下的、放在架上的，以及悬在头上的交叠堆砌的东西，也不禁迷离起来。

都是水壶，都是同一架机器的成品，被买去了当然也都是烧水用的。但哪一个，会去到一个美丽的人家，是个“有情人喝水都甜”的地方？而哪一个将注定放在冷灶上，度它的朝晨和黄昏？

一式一样的饭盒，一旦卖出去，将各装着什么样口味的菜？给一个怎样的孩子食用？那孩子——一边天天吃着这只饭盒，一边又将茁长为怎样的成人？

同样的垃圾桶将吞吐怎样不同的东西？被泡掉了滋味的茶渣？被食去了红瓤的瓜皮？一封撕碎的情书？一双过时的鞋？

五金店里充满一切可能性，一切属于小市民生活里的种种可能性。

我爱站在五金店里，我爱站在一切的“未然”之前，沉思，并且为想不通的事情惊奇。

十一

这个世界充满了权威和专家，他们 天到晚指导我们——包括我们的婚姻。

婚姻指导的书也不知看过多少本了。反正看了也就模糊了。

但在小食摊上看到的那一对,却使我不能忘记。

那天刚下过小雨,地上是些小水洼,摊子上的生意总是忙的,不过偶然也有两分钟的空闲。那头家穿着个笨笨的雨靴,偷空跑去踩水,不知怎的,他一闪,跌坐在地上。

婚姻书上是怎么说的?好像没看过,要是丈夫在雨地里跌一跤,妻子该怎么办?

那头家自己爬了起来,他的太太站在灶口上事不关己似的说:

“应该!应该!啊哟,给大家笑,应该,那么大的人,还去踩水玩,应该……”她不去拉他,倒对着满座客人说自家人的不是。我小心地望着,不知下一步是什么,却发觉那头家转身回来,若无其事地炒起蚵仔煎来。

我惊得目瞪口呆。

原来,这样也可以是一种婚姻。

原来,他们是可以骂完或者打完而不失其为夫妻的,就像手心跟手背,他们根本不知道“分”是什么。

我偷眼看他们,他们不会照那些权威所指导的互赠鲜花吧?他们的世界里也不像有“生日礼物”或“给对方一个惊喜”的事,他们是怎么活下去的？他们怎么也活得好端端的？

他们的婚姻必然有其坚韧不摧的什么，必然有其雷打不散的什么，必然有婚姻专家搞不懂的什么。年轻的情侣和他们相比，是多么容易受伤，对方忘了情人节，对方又穿了你讨厌的颜色，对方说话不得体……而站在蚵仔煎铁锅后的这一对呢？他们忍受烟熏火燎，他们共度街头的雨露风霜，但他们一起照料小食摊的时候，那比肩而立的交叠身影是怎样扎实厚重的画面，夜深后，他们一起收拾锅碗回家的影子又是怎么惊心动魄的美感。

像手心跟手背，可以互骂，可以互打，也可以相与无一言，但硬是不知道什么叫“分”——不是想分或不想分，而是根本弄不清本来一体的东西怎么可能分。

我要好好想想这手册之外的婚姻，这权威和专家们所不知道的中国爱情。

音乐教室

诗诗：

雨或者仍在下，或者已不下，厚丝绒的帷幕升起，大厅里簇拥着盛装的人群。这是你的第一次演奏会，我和晴晴坐在迢远的角落上遥望你。

音乐是风，在观众席的千峰万壑间回荡。音乐是雨，在我们心的高檐紧密地垂下。音乐是奇异的阳光，蜿蜒向天涯每一条曲径。

我们从来没有期望你成为一个音乐家，只希望给你一个快乐的童年。因此三年前，我们带你去学音乐。教室里贴着美丽的壁纸，地毯是绿茵茵的。我们愉快地发现每一个小孩都是可爱的。你们唱歌，你们辩认拍子，你们兴奋地做着韵律游戏，你们学着识谱，试着作曲，尝试跟别人和奏，你们享受着彼此的快乐。

后来，我们又买了一架古老的、雕镂着花纹的钢琴，客厅成了另一间音乐教室，我们常常可以倾听你的充满生命力的弹奏。

诗诗，我常在这一切的美好之上，感到一些更巨大的、更神圣的美丽。你还小，我因而从来没有告诉你。但今天，你和你的朋友们站在台上，你是多么大啊！你就是那个我每夜醒来为你哺乳的小婴孩吗？我在泪光中遥望你们，有如一排青青翠翠的小树，我忍不住要将一些话告诉你。

许多年前，妈妈还是一个小女孩，有时她经过琴行，驻足看那些庄严得几乎不可触及的乐器,感到一种绝望。但少年时期总是美好的,有时,上课时,偷偷把双手放在桌子下面,也尽可在一排想象的琴键上来回抚弄。不需要才学和胸襟,少年时期人人都自然能了解陶渊明"无弦琴"的意境。

终于,有一天,有一个音乐老师答应教她弹琴。那是在南台湾的一个小城,学校又大又空旷,音乐教室因为面对着一带遮天蔽日的大树,整个绿郁郁地古典了起来。那女孩踩着密匝匝的树影朝圣似的走向音乐教室。夏日的骤雨过后,树上的黄花凄凄然地悬着饱胀得令人不知所措的美感,那女孩小心翼翼地捧着琴谱走着。

我常常忍不住要感谢许多人,例如我的音乐老师。他多么好,回忆中已想不起他的坏脾气,想不起他的不修边幅,只记得他站在琴前教我弹那简单的练习曲。诗诗,记得那天,你在钢琴上重弹那些曲子的时候,我忍不住地从书房跑出来。诗诗,你不能了解我在那一刹那间的激动,我已经十几年不弹琴了,乍听你弹那些熟悉的曲子,只觉恍如隔世,几乎怀疑曲子是自我的腕下流出的——诗诗,我的音乐老师已经谢世了!伟大的音乐家里永远不会有他的名字,可是我仍然感谢他,尊敬他,他曾教导我更多地拥抱我所爱的音乐。他也不是成功的声乐家,但是,当他告诉我们他怎样去从戎当青年军,怎样在青春的激情里为祖国而唱的时候,那是怎样一种声音——诗诗,我冉也不能看见我的老师了。我暑假出外旅行,回来的时候不意他已化为一钵劫灰,我唯一能安慰自己的是,我曾让他了解,虽然已经十几年了,我仍在敬爱他。

诗诗,我不弹琴,竟已经十几年了,但恒在的是心中的琴韵。我的老师不曾把我教成一个钢琴家,但他使我了解怎样聆听这充满爱充满温情的世界,这个许多人为你付出的世界。今天,当你的小手在琴键上往返欢呼,你可知道我所移植给你的音乐之苗是承自何处吗?诗诗,我每一思及人间的爱之连锁,那些牵牵绊绊彼此相萦的真情,总忍不住心如激湍。

有时候,诗诗,我们需要的是一点良知,一点感恩,以及一份严肃的对他人的歉疚之心,一种自觉欠负了什么的谦虚。

我仍然记得,那些年,音乐事实上是一个奢侈的名词。而今天,你我能安然地坐在美丽祥和的音乐教室里,你会感到那些琴,那些鼓,仿佛理所当然地从开天辟地就存在着了。不是的,诗诗,这些美,这些权利,是许多不知名的手所共同建筑起来的。诗诗,我们或迟或早,总应该学会合理的感恩。

行年渐长,我越来越觉得生活在“人”之中的喜悦,生活在属于自己的土地上的喜悦,拥有一种历史的喜悦,以及一切小小的“与人共有”的喜悦。诗诗,这是一个有情的世界,我们每一个人都是在许多别人的善意里活着的——而那每一份善意都值得我们虔诚地谢天。

有一天,我偶然仔细地看了一下薪水袋!在安静的凝思里竟也能体会出一份美感。许多年来,我一直不认为钱是高尚的东西,但那天,我在谦卑中却体会出某种诗意来。我知道政府能给公教人员的薪酬有限,但我仿佛能感到这份薪水里包括某个荒山野岭的纳税人的玉米,某个渔人所捞的鱼,某个农人的稻子,某个女孩的甘蔗,以及某些工厂中许许多多人的劳力,或者是一个煤矿工人的汗,或者是一个手工业工人的巧心。诗诗,你能走入音乐教室,学你所喜欢的音乐课程,和那些人每一个都有或多或少的关系。社会的富足建立在广大人群的共同效命上。诗诗,我今天能安然地坐在灯下写,站在讲坛上说,我能欢悦地向年轻的孩子叙述那个极大的古中国故事中的一部分,我能侃侃而谈《说文解字叙》,或者王绩、王梵志,我能从容地讲唐人的传奇,宋人的平话,诗诗,我没有一丝可以傲人的,我从心底感到我对上天以及对整个社会的永铭难忘的谢意。

我有时真想对政府和军人说一声“谢谢”,我们在他们的忧劳中享受安谧,在他们的瘁殚中享受丰盈。世界上的人能活在一个自由的、宁静的、确知自己的头颅有权利长在自己的头颈上的地方并不多。诗诗,有时早晨起来,面对宇宙间新生的一天,面对李白和莎士比亚也无权经历的这一天,我忍不住对上苍说:“我感谢你,我感谢这个世界,我多么想去告诉每一个人我感谢他们。我多么想让别人知道我在他们的贡献里一直怀着一份歉疚的情感,一颗希望有所图报的心。”

诗诗,音乐在四壁之间,音乐在四壁之外,有如无所不在的花香。音乐渐渐地将空气过滤得坚实而甜美。你站在台上,置身于一座大电子琴后,每个孩子都认真地奏着自己的乐器,多么美好的下午!但是,诗诗,我愿意你知道,这世界并不全是这样美好的。我们所生活的制度,我们所生活的环境不是全世界处处都有的。诗诗,我们能有你,能相守在一间有爱有食物有音乐的屋子里,而如果仍然不知感恩的话,我们就是可耻的了。

有一天,偶然和我们学校的教务主任谈起,他说:“你知道吗?就为我们学校这一百二十个学生,政府已经花掉一亿多了!平均是一个学生一百万,这还是只指他们一入学,要是把七年医学教育的费用全算上,一个人大概是二百万!”

我当时深为震撼,一个人才是多少苦心的期待栽成的!转而一想,诗诗,我和你不也或多或少地接受过公费的培育吗?少年时期常向往的是冲风冒雨独来独往的豪情,成长以后才憬悟到人与人之间手足相依的那份亲切。少年时期常是无挂无碍志得意满的自矜,成长以后才了解面对天地之化育、人类万物的深情,心头应该常存几分感恩，几分歉仄——没有什么是理所当然的，我们的每一份获得都该是足以令人惊喜的意外。

音乐扬起，再扬起，诗诗，也许将来你会有更多的演奏会——也许这是你唯一的一次，但无论如何，愿你记得音乐教室中的美好辰光。记得那些穿花色长裙的小女孩，记得美丽的长发的音乐老师，记得那些琴，那些鼓，那些欢乐的歌。诗诗，不管世路是否艰难，记得我们曾在欢乐中走完美丽的初程。愿中国新生的一代常走在琴韵之中，真正有大担当的人是体会过幸福，而且确信人世间人人有幸福权利的人。真正敢投入风浪的大英雄是些享受过内心深处真正宁静的人。诗诗，我愿你在音乐教室之内，我也愿你在音乐教室之外。

诗诗，雨或者在下，或者已不下，而我们已饱饫今日下午的音乐。音乐中有许多动人的冥思，有许多温热的联想。诗诗，愿天地是一间大音乐教室，愿萧萧的万木是琴柱，愿温柔的千涧是长弦，诗诗，让我们能说，我们已歌过，我们曾是我们这一代的声音。

念你们的名字

——寄阳明医学院大一新生

孩子们,这是八月初的一个早晨,美国南部的阳光舒迟而透明,流溢着一种让久经忧患的人鼻酸的、古老而宁静的幸福。助教把期待已久的发榜名单寄来给我,一百二十个动人的名字,我逐一地念着,忍不住覆手在你们的名字上,为你们祈祷。

在你们未来漫长的七年医学教育中,我只教授你们八个学分的国文,但是,我渴望能教你们如何做一个人——以及如何做一个中国人。

我愿意再说一次,我爱你们的名字,名字是天下父母满怀热望的刻痕,在万千中国文字中,他们所找到的是一两个最美丽最醇厚的字眼——世间每一个名字都是一篇简短质朴的祈祷!

"林逸文"、"唐高骏"、"周建圣"、"陈震寰",你们的父母多么期望你们是一个出类拔萃的孩子。"黄自强"、"林进德"、"蔡笃义",多少伟大的企盼在你们身上。"张鸿仁"、"黄仁辉"、"高泽仁"、"陈宗仁"、"叶宏仁"、"洪仁政",说明了儒家传统对仁德的向往。"邵国宁"、"王为邦"、"李建忠"、"陈泽浩"、"江建中",显然你们的父母曾把你们奉献给苦难的中国。"陈怡苍"、"蔡宗哲"、"王世尧"、"吴景农"、"陆恺",含蕴着一个古老圆融的理想。我常惊讶,为什么世人不能虔诚地细味另一个人的名字?为什么我们不懂得恭敬地省察自己的名字?每一个名字,不论雅俗,都自有它的哲学和爱心。如果我们能用细腻的领悟力去叫人的名字,我们便能学会更多的互敬和互爱,这世界也可以因此更美好。

这些日子以来,也许你们的名字已成为乡梓邻里间一个幸运的符号,许多名望和财富的预期已模模糊糊和你们的名字联在一起,许多人用钦慕的眼光望着你们,一方无形的匾已悬在你们的眉际。有一天,“医生”会成为你们的第二个名字,但是,孩子们,什么是医生呢?一件比常人更白的衣服?一笔比平民更饱涨的月入?一个响亮荣耀的名字?孩子们,在你们不必讳言的快乐里,抬眼望望你们未来的路吧!

什么是医生呢?孩子们,当一个生命在温湿柔韧的子宫中悄然成形时,你,是第一个宣布这神圣事实的人。当那蛮横的小东西在尝试转动时,你,是第一窥得他在另一个世界的心跳的人。当他陡然冲入这世界,是你的双掌,接住那华丽的初啼。是你,用许多防疫针把成为正常的权利给了婴孩。是你,辛苦地拉动一个初生儿的船纤,让他开始自己的初航。当小孩半夜发烧的时候,你是那些母亲理直气壮打电话的对象。一个外科医生常像周公旦一样,是一个在简单的午餐中三次放下食物走入急救室的人。有的时候,也许你只须为病人擦一点红汞水,开几颗阿斯匹林,但也有时候,你必须为病人切开肌肤,拉开肋骨,拨开肺叶,将手术刀伸入一颗深藏在胸腔中的鲜红心脏。你甚至有的时候必须忍受眼看血癌吞噬一个稚嫩无辜的孩童而束手无策的裂心之痛！一个出名的学者来见你的时候，可能只是一个脾气暴烈的牙痛病人，一个成功的企业家来见你的时候，可能只是一个气结的哮喘病人。一个伟大的政治家来见你的时候，也许什么都不是，他只剩下一口气，拖着一个中风后的瘫痪的身体。挂号室里美丽的女明星，或者只是一个常期失眠的、神经衰弱的、有自杀倾向的患者——你陪同病人经过生命中最黯淡的时刻，你倾听垂死者最后的一声呼吸，探察他最后的一槌心跳。你开列出生证明书，你在死亡证明书上签字，你的脸写在婴儿初闪的瞳仁中，也写在垂死者最后的凝望里。你陪同人类走过生、老、病、死，你扮演的是一个怎样的角色啊！一个真正的医生怎能不是一个圣者。

事实上，作为一个医者的过程正是一个苦行僧的过程，你需要学多少东西才能免于自己的无知，你要保持怎样的荣誉心才能免于自己的无行，你要几度犹豫才能狠下心拿起解剖刀切开第一具尸体，你要怎样自省才能在千万个病人之后免于职业性的冷静和无情。在成为一个医治者之前，第一需要被医治的，应该是我们自己。在一切的给予之前，让我们先成为一个“拥有”的人。

孩子们，我愿意把那则古老的“神农氏尝百草”的神话再说一遍。《淮南子》上说：“古者民茹草饮水，采树木之实，食蠃蜷之肉，时多疾病毒伤之害，于是神农乃始教民播种五谷……尝百草之滋味，水泉之甘苦，令民知所辟就，当此之时，一日而遇七十毒。”

神话是无稽的，但令人动容的是一个行医者的投入精神，以及那种人饥己饥、人溺己溺、人病己病的同情。身为一个现代的医生当然不必一天中毒七十余次，但贴近别人的痛苦，体谅别人的忧伤，以一个单纯的“人”的身份，恻然地探看另一个身罹疾病的“人”，仍是可贵的。

记得那个“悬壶济世”的故事吗？“市中有老翁卖药，悬一壶于肆头，及市罢，辄跳入壶中，市人莫之见。”——那老人的药事实上应该解释成他自己。孩子们，这世界上不缺乏专家，不缺乏权威，缺乏的是一个“人”，一个肯把自己给出去的人。当你们帮助别人时，请记得医药是有时而穷的，唯有不竭的爱能照亮一个受苦的灵魂。古老的医术中不可缺的是“探脉”，我深信那样简单的动作里蕴藏着一些神秘的象征意义，你们能否想象用一个医生敏感的指尖去采触另一个人的脉搏的神圣画面。

因此，孩子们，让我们自怵自惕，让我们清醒地推开别人加给我们的金冠，而选择长程的劳瘁。诚如耶稣基督所说：“非以役人，乃役于人。”真正伟人的双手并不浸在甜美的花汁中，它们常忙于处理一片恶臭的脓血。真正伟人的双目并不凝望最举拔的高峰，它们低俯下来看一个卑微的贫民的病容。孩子们,让别人去享受“人上人”的荣耀,我只祈求你们善尽“人中人”的天职。

我曾认识一个年轻人,多年后我在纽约遇见他,他开过出租车,做过跑堂,试过各式各样的生存手段——他仍在认真地念社会学,而且还在办杂志。一别数年,恍如隔世,但最安慰的是当我们一起走过曼哈顿的市声,他无愧地说:“我抱持着我当年那一点对人的好奇,对人的执着。”其实,不管我们研究什么,可贵的仍是那一点点对人的诚意。我们可以用赞叹的手臂拥抱一千条银河,但当那灿烂的光流贴近我们的前胸,其中最动人的音乐仍是一分钟七十二响的雄浑坚实如祭鼓的人类的心跳!孩子们,尽管人类制造了许多邪恶,人体还是天真的可尊敬的奥秘的神迹。生命是壮丽的、强悍的,一个医生不是生命的创造者——他只是协助生命神迹保持其本然秩序的人。孩子们,请记住你们每一天所遇见的不仅是人的“病”,也是病的“人”,人的眼泪,人的微笑,人的故事,孩子们,这是怎样的权利!

长窗外是软碧的草茵,孩子们,你们的名字浮在我心中,我浮在四壁书香里,书浮在黯红色的古老图书馆里,图书馆浮在无际的紫色花浪间,这是一个美丽的校园。客中的岁月看尽异乡的异景,我所缅怀的仍是台北三月的杜鹃。孩子们,我们不曾有一个古老幽美的校园,我们的校园等待你们的足迹使之成为美丽。

孩子们，求全能者以广大的天心包覆你们，让你们懂得用爱心去托住别人。求造物主给你们内在的丰富，让你们懂得如何去分给别人。某些医生永远只能收到医疗费，我愿你们收到的更多——我愿你们收到别人的感念。

念你们的名字，在乡心隐动的清晨。我知道有一天将有别人念你们的名字，在一片黄沙飞扬的乡村小路上，或者曲折迂回的荒山野岭间，将有人以祈祷的嘴唇，默念你们的名字。

附　录

善变的女人

林治平

我的妻子晓风是一个善变的女人——可是我喜欢她的善变。

晓风最反对“我爱你永远不变”这一句话。她说：

“如果我与你在一起好几年了，而你对我的爱竟然还是跟我们初认识时一样，毫无增加，那多可怕！”

有一次她很郑重其事地将一位日本作家谢野晶子讨论爱的意义的文章，以正楷抄录下来给我，那篇题名为《爱的创作》的文章中如此说：

人的心在移动是常态，不移动是病理，幼小而不移动是为痴呆，成长而不移动是为老衰的征候。

在花的趣味上，在饮食的嗜好上，在衣服的选择上，从少年、少女的时代起，一生不知要变化多少回。正是因为如此，人的生活无论精神的和物质的都有进步。……世人的俗见常以为夫妇亲子的情爱是不变动的，但是，在花与穿衣服上会变化的心，怎么会对于与自己更直接有关系的生活倒反不敏感的移动呢？

就我自己的经验上说，这廿年间我们夫妇的爱情不知经过多大的变化来了。我们的爱绝不是以最初的爱一贯继续下去，始终没有变动的、固定的静的夫妇关系。我们不断地努力，将新的生命吹进两人的爱情里去，破坏了重又建起，锻炼坚固，使它加深，使它醇化。……我们每日努力重新播种，每日建筑起以前所无的新的爱之生活。

我们不愿把昨日的爱就此静止了，再把它涂饰起来，称作永久不变的爱；我们并不依赖这样的爱，我们常在期望两人的爱是进化移动而无止息。

倘若不然，那恋爱只是心的化石，不能不感到困倦与苦痛了吧。

我们曾把这意见告诉生田长江君，他很表同意，答道："理想的夫妇是每日在互换爱的新证书的。"

为了不愿使我们的爱成为心之化石，从此以后"爱的创造"就成为我们共赴的目标，我们彼此要求自己，每天要以新的爱、创造的爱，呈献给对方，所以我们相知十八年，却从未觉得厌烦倦怠，她至今还常常会让我吓了一跳似的忽然发现了她新的一面，我的妻子晓风是一个变化多端的女人。

*　　*　　*

她的善变甚至可以从她吃东西的方法上感觉出来：

我们一起吃饭，她看着我把烩饭的汤汁跟饭搅和均匀了人口地吃，觉得很惊讶：

“怎么能忍受呢？每一口都跟上一口是一模一样的。”

她的吃法不同，她是即使吃一碗馄饨，也要每一匙每一匙地再加点醋或辣油，她坚持每一口都不一样才比较快乐。

她也会把她的善变运用到孩子的教育上：

孩子们小时只爱吃肉，不爱吃水果，她自有办法，她会把杨桃切成横片，各呈星状，然后大声吆喝小孩来吃“星星”；她“骗”小孩吃香蕉的功夫也很独到，她会先用细针扎进香蕉中段一拨，香蕉已经从中而断，然后她大叫孩子们来吃魔术香蕉，孩子们发现吃到一根外表完整而内部中断的香蕉，大概以为妈妈有什么中国功夫，因而大为钦服。她叫孩子们吃橘子的方法也有一招，她先把橘子的内外皮剥了，起名叫“金船”。橘子既是船，嘴巴就是码头了，每吃一瓣橘子，就听到她在大叫：“码头开开船进来！”于是看谁的码头容船量多，就成为我们家流行的游戏了。柳丁进嘴以前也有口令，口令是：“芝麻，开门。”就这样孩子们的维他命和想象力因此都一概供应了。

* * *

她也常常把她“善变”的本领运用在我们的家庭生活中：

她喜欢波斯菊，喜欢那种开在春天菲薄菲薄的美丽花瓣，十几年前她买了一包波斯菊的种子——可是我们一直没有院子，我们买不起平房，而她又特别不喜欢盆景，所以那包种子一直只是一包种子，她隔不多久就要拿出来抚摸一番，仿佛这样一摸就会有一大片花海涌现在眼前似的，但最后她总是叹一口气，又把种子收了起来。

她布置卧房，喜欢的画她买不起，买得起的画她不喜欢，最后她终于买了一个精致的竹筛子挂在床头，看到的人总要问她是什么意思，她就会兴致勃勃地回答：

“筛子孔多，台湾民俗结婚挂筛子是表示百子千孙的意思——我们当然不打算百子千孙，不过这可以象征精神上的瓜瓞绵绵的意思。”

有个有学问的太太真好，她不仅省了一张买油画的钱，而且能将一个筛子变成一幅画。

* * *

而她最大的改变是陷入戏剧的漩涡之中。

她有戏剧的细胞，起初我是一点也没有觉察的。我最初认识她的时候，她已颇有文名，她的散文，她的小说均已获奖多次，甚至在她得“中山文艺奖”之前，我们之间也很少谈到有关戏剧的话题。但是不知怎么搞的，一九六八年间，她忽然受到李曼瑰老师的“蛊惑”，作了李老师的私淑入门弟子。从那时开始，我们的书架上涌出了成批成批的中英文剧本及戏剧理论、舞台技巧、灯光设计等专门书籍，只见她一本又一本地啃啮着，不分日夜，我知道她是不能自拔也不想自拔了。

她除了研读剧本理论之外，更不幸的是她还深信戏剧必须在剧场的祭坛之上燃烧，于是从她的第一个剧本《画》到《第五墙》、《武陵人》、《自烹》、《和氏璧》、《第三害》到现在正在上演的《严子与妻》，我们都必须全力拼赴。而更更不幸的是偏偏没有出息的我，也一起被引诱得兴致勃勃地担任什么演出执行人。七八年来，我们自誓为中国剧场的一道祭物，火焚固然痛苦，但置身于燃烧的熊熊火焰中，我们彼此携手并进，也有一种无法言喻的满足。

晓风最怕编辑，因为常被编辑催索稿件，有时在静寂的夜晚也会电话铃声大作，她接完电话后，总恨然地说：“又是编辑来要稿，简直无所逃避于天地之间了。”但是很不幸的，在三年多以后，我忽然变成了《宇宙光》杂志的编辑，而且不仅是个编辑，我还得负责一切的行政推销管理等业务，有人说：“你要想害谁，就劝他办一份杂志。”三年多以来，不分晨昏，我常心心念念地不忘这一份凭空创办的《宇宙光》，

但她大不以为然,她说:

“天哪!我这一生受编辑的苦够多了,最后家里居然也住进一位编辑来了。”

但是她生气尽管生气,我却并不害怕,因为晓风实在是一个可爱的善变的女人,上一分钟也许她还在寒着脸生气,但下一瞬间她已在我的迫害下,交出了一篇令每一位编辑忘却痛苦劳累的稿子。当然,若不是她给予我的支持,我是不可能在《宇宙光》的工作上支撑到今天的。

* * *

她平常写作很随和,但是如是重要的作品如《黑纱》(宇宙光出版社出版),又如剧本《第三害》、《严子与妻》等,她写起来简直是六亲不认,她只带着面包和水果,一个人离家住在阳明山大饭店,不分日夜地拼命写下去。住在观光饭店里却只啃着干面包很奇怪吧,但她自有她的哲学,她觉得“绝对隔离”对思想的高度集中是必要的,但吃的东西对写作却非绝对必要,况且在发疯式的写作里也没有心情和时间吃东西;而且,她认为住观光旅馆花了那么多钱,当然得从饭食里省回来,谁叫我们这些穷人却不幸地爱上了艺术!

其实,她很喜欢吃,而且从我婚后体重上升的程度也可窥知她烹调技术颇有一手。她烹调本领完全是无师自通,记得在婚前常是我煮东西给她吃,但是婚后我除了做面糊煎饼以外是什么菜也不敢做了。有时看到她又快又好地“变”出一大桌菜让一些不速之客(多数是来自各大学的学生们)大快朵颐之时,我真怀疑这怎么会是婚前不会做菜的晓风。不过她做菜的本领虽高,却非常讨厌食谱,她认为菜是艺术品,艺术怎么可以由人定几勺盐几滴油呢?她做菜完全是禅宗的“直指心性”的领悟法,好在她悟性高,所以仍然烧得一手好菜,而且常常出奇制胜地推陈出新。娶了一个善变的女人真好,起码你不用担心天天吃同样的菜。

*　　*　　*

晓风的兴趣广泛,休息时间就少得可怜了,有时我实在不忍,就以“将来会早衰”相恐吓,但她毫无所惧,依然故我。她是一个“睡了不想起”、“起了不想睡”的人,她爱着她的每一刻现在。认识她有十八年了,她随时都是新的,随时都在变,她写作的风格在变,她做人的态度在变,她对事物的观察在变,她越变越新,越变越成熟,我怎能不喜欢这善变的女人呢?

我　们

我不会写“他”,要写,我只会写“我们”。

当然,连“我们”也不好写,夫妻间的事诚如佛曰:“不可说。”第一,要写其情,我们还未到老夫老妻可以凡事公诸天下的地步。而且,谁不喜欢尽可能地保留自己或自家人的隐私(但如果为了保留自己而写出一篇假的告白,那又何苦)?第二,如果反过来写两人的争执,别人则但闻火药味,而不能领略争执背后的深情。第三,如果写儿女,我又觉得是天下最蠢的事,从来没有一只公鸡或母鸡会注意别只鸡窝里的小鸡。第四,写两人的事业也不对劲,自己看着有情有义的筚路蓝缕的成绩,别人看来只像邀功的报表,似乎要参加“模范夫妇”竞选似的。

以上拉杂说来,无非为自己必然写不好的一篇文章预作“马前炮”式的自辩罢了。

其实,我是不喜欢他那型的人。

我喜欢高而瘦的男低音。

他却偏是男高音。十八年前虽然勉强可算高瘦,不过渐渐地,连“瘦”也变为胖了,而由于胖,那“高”也不显高了。

我喜欢黑而深的眼睛。

他没有,倒有一双剑拔弩张的黑眉。

我喜欢温文尔雅。

他却急星火躁。

这么说,当然不公平,而且似乎假定自己在十七岁时就已经清清楚楚知道自己真喜欢什么了。其实很可能我也喜欢男高音,只是我自己不知道罢了。很可能我也喜欢敦实的男人,瘦男人的肩膀岂不太单薄了?急性情也许不好,但一个急性情的人温柔起来岂不更为可贵?

从大一认识,我们交往了七年,由于同校,只要在宿舍关门前赶回去,整天都可以在一起,自觉彼此已认识得十分深刻了,及至结婚,仍然不免大吃一惊。曾有一天,我看到他竟把袜子放在餐桌上,不禁“怒从心上起,恶向胆边生”,他立刻辩护说那只是未穿的干净袜子,我不敢去求证,只得不了了之。令我最切齿扼腕的是,他在学生时代曾连任过几届小官——室长,他的寝室一直是男生宿舍的整洁冠军,而敝校的男生宿舍又是全台湾大专院校男生宿舍的整洁冠军,如今却是这种道行,我只好自嗟自叹,原来男生整洁冠军是不可尽信的。如今这位当年的整洁冠军其书桌之恐怖不提也罢。总之,他的书桌享有“治外法权”,不在我的辖区之内就是了——不过,别看那书桌脏乱,他倒有不少构想,不少文章、不少计划就是在那张桌子上弄出来的。大概英雄既不怕出身低,文章也不怕出身脏乱之处吧?

他当然还有许多和我相同的好处（和我相同的我一概视为好处），例如用钱，我们都不耐烦算账，十二年来谁要用钱谁到信封里去拿，看钱少了，就收敛点。要买大部头的书（即四位数字以上的），得动念三次以后再考虑，因为家中早已酿成余光中先生所说的“书灾”。孩子除了供食宿，供衣鞋，供玩具、文具等，则一概不给零用钱。但如果背诗一首，可得一元（唐诗、宋诗、宋词、元曲，乃至现代诗都算数）。最近因为可怜他们年幼无知，不懂得涨价，也不晓得调整工资，乃自动提高一倍工资，成为一首绝句二元的局面。历代诗人们有没有靠着写诗混到一口饭吃我不知道，我们家的小家伙却靠背诗混得不错——总之，全家人似乎个个都很有钱了。

有人认为我们两人都很好客，其实我们哪里称得上好客，只是觉得天下东西本来就是天下人的，只要是被人合理地受用了，就都不是浪费。我们家的客厅中有一条长凳，四把座椅，全是杉木做的，硬绷绷地，朋友来了竟也能一坐几小时，其实说椅子凳子只是指其显性功能——它的隐性功能是木箱子，用以盛放我们历年戏剧演出的服装和资料。

厅中还有一套菲律宾藤椅，是十年前从一位日本归侨手上花五百元台币买的——这样的家哪有什么资格谈好客，其实也只是年轻人不见外，喜欢在这里的无拘无束罢了。我们的待客之道无他，只是

“无为而治”而已。我曾看过这位男主人自顾自地半躺着看书，一面对走进来的客人说：“水在冰箱里，要喝自己拿——要是你去拿，就给我也带一杯。”

但年轻人仍然喜欢来，他被叫为“林哥哥”，我被叫为“张姐姐”，我们的儿子小时候也糊里糊涂跟着别人叫爸爸为“林哥哥”。记得有一晚夜深了，有一位年轻人来找他说：“林哥哥，我今天晚上住你家客厅好吗？”他愣了一下，人家既然这么热络的样子，他是连对方的姓名也不好意思再问一声就答应了，问了倒显得生分，那位朋友后来和我们倒很熟了。

他的热心在他前年访美中似乎得到意外的报偿，那年夏天两个月之间，他的饭费竟只花了不到十块美金——那还是由于那天他独自一人去博览会玩，所以自己付餐费的缘故，其他时间都排满了，“林哥哥，到我家吃饭——我从前在你家吃过饭。”老实说，他也想不起来那人是谁，但是，既然人家这样热络……

也许是物质不灭吧，那些饭竟又回到他的肚子里来了，甚至大伙听说他的大驾一到，争相邀请，主人太多，这位客人只得每家答应一顿，以示公平，旁边分不到的乃说：“到我家吃消夜好了。”还有一位仁兄因为“林哥哥”无法分身到他家住宿，也愤然道：“天天都不睡我家！睡午觉总可以到我家吧！”

他总是碰到热乎乎的人——因为他自己就是。三年前,他又明知故犯地去办一份杂志,而且乐此不疲,我奇怪“假公济私”是怎么一回事,我所认识的这一位却只知道“假私济公”。

他的职业栏上填的是教授,可是恐怕正确点说,他的专业似乎应该是“关心人”,正吃着饭,有人要求他去保释一个素不相识的犯错孩子,他跳起来就去了;正睡着觉,有人叫他去看一个精神失调的病人,他爬起来就去了。上了一天班,有人要请教他一项“很急很急很苦恼的爱情问题”,他也接受了。《世说新语》中记载一位君子拥有一辆好车,另外有一个人丧母时想借用,终于因为车太好而不好意思开口,这位君子听了这件事立刻烈火烧车,并且说:“有车,却使人不敢开口借,要车何用!”而我的丈夫似乎尤贤于这位古人,什么人来借他的东西乃至于借他的“人”的时候,似乎都是理直气壮的,一个人能做到这一步,为善已不算善,因为就跟呼吸一样自然,变成了一件理所当然的事——他是一个焕发的基督徒。

这样说,也许有人误会他是好好先生,不然,他坚持起来,那一双飞刀眉和大嗓门也够人受的。他在众人唯唯的大型会议中,常是保留任侠精神的少数傻瓜。好在寒舍太小,缺乏那些令他“震怒”的大事件,所以,倒未曾引发他的威怒。

对我而言,他就是他,是无法形容的一位。一个丈夫原来竟可以同时是个温煦的父亲又是个稚气的儿子，是个忠实的朋友，却又是顶嘴斗气的仇人。元曲里称所爱的人为“可憎”，实在传神。一个丈夫的确可爱而又可憎，他又好又坏，又完美又无赖。别人说他好时，你会第一个撇嘴说：“他才不好呢！”但别人说他坏时，你又第一个血气翻涌地为他辩护。

在长长的婚姻生活中，最令我感动的是有一个雨夜，我们共撑着一把伞，到他的杂志社去找一些资料，来一起筹划一出舞台剧的演出。走到门口时，他撑着伞，我拿钥匙开门，雨串自伞缘流下。忽然，我为这简单的情景感动不已。有雨，有伞，有钥匙，有共同认定的价值……我无端地想哭。

在这二百万人口的大城里，如果你在街上遇到他，你简直不会注意到他，他是一个平凡的人——正如我一样。但对我而言，当有一天，生命的潮水退尽，当死亡的冷锋自指端寒起，他的手仍是我最愿意握住的，人间最后的余温。

当胸拥抱伤痕

——序《闪亮的生命散文选》

人生有如赤手空拳行经峭壁狭谷，尖石粗砺，荆棘蒺藜虽然不免，但是，那是值得的，因为一路都有壮丽伟岸令人惊呼的景色。

并非因为痛苦是容易忍受的，而是因为生命景观的辽阔幽邃值得我们一步一咬牙的挺过去。

圣徒保罗自喻是一个“负刺的人”，曾经，他希望上帝拔去那根刺，但他终于明白，原来他是可以一面忍受那根刺，一面在夜半的狱中怡然唱歌的人。时至今日，我们但知有圣徒保罗，至于那根恼人的刺是什么，我们却不知道——他把圣徒保罗留给我们，把刺留给他自己。

几乎每一个伟人都是负载着一根刺的创痛，而把自己仍旧活得光灿美丽的。

太史公带着他的残缺，完成雄峙屹立的《史记》；贝多芬带着他的耳聋谱成移神动魄的音乐；泼墨大画是张大千有了眼疾以后写的；“黄色闪电”的封号是纪政忍着腿伤赢来的。弥尔顿瞎了眼，我们仍然读到了《失乐园》和《复乐园》，海明威《老人与海》中反复提到棒球怪杰迪马奥——他的脚上偏偏生了一个鸡眼。

所有精神或肉体上的伤害，无非是或大或小的沙砾，一般人急着赶走它，但假以日积月累的包容和涵蕴，它也可以变成暖暖含光的珍珠。

莎士比亚曾借一位英雄的口形容那些懦弱的人,在战场上一交锋便立即转身逃窜,于是成了一个伤痕全在背上的人;而勇敢的人不是,勇敢的人迎上前去,光荣的血全流在昂挺的胸前。

既然战役中的伤痕是必然的,让我们当胸拥抱它,而不是逃避它使它留在背上成为可耻的印记。

序《汪启疆散文集》

启疆那人，我搞他不懂。

他是一清见底的小河，却又是郁郁勃勃的黑森林。

他愉悦轻扬，分明是快乐高举的风筝，却又哽咽凄苦，像千针万线密密衲成的厚鞋底。

在可爱的小妻子身旁他是一个更小的小男孩，但一转身，你发现他正悄悄地将世界一把抱起，放在他的膝头温柔的说着一个故事……

说着，说着，你会觉得他升起来了，他在云端，他向我们俯下他的脸，但再一凝神，你又发觉他不在云端，原来他定定地像根橛子似的站在这块土地上，并且徐缓有力地布下他的根。

启疆那人，我真的搞他不懂。

序《血笛》

《血笛》是为史惟亮先生写的——虽然他已不在人间。

偶有一天,穿自强隧道回家,车一出洞,火葬场从路左窜出,也不知埋伏了多久,竟然那么准那么狠地扑上了进行中的车子。

死亡栽得满山满坡。一行行的死亡,一坏坏的死亡。

——死亡……

我又想起史惟亮先生,我渐渐明白了,一个好朋友的死原来不止死一次,每次想起他一回,就愤怒一回,黯然一回,感觉自己被剥削一回,才认清一个正确而又无理的事实——他竟然已经死了。

犹记叶嫩花初的三月,我送他到火葬场,一具薄棺缓缓推入八号焚化炉。那一生都在折骨为薪,焚尽脂膏的人,此刻在从事最后的燃烧。

木然地望着炉门关起,我发誓把《血笛》写好。

在他病着的那段日子,为了让他仍有生存的冲动,我和他谈清唱剧《血笛》的构想,但病情陡下,他终于舍下了人世。

撑过许多不眠的夜晚,在史先生目瞑后的一个月,我把《血笛》完成了。

春秋时期吴季札有挂剑徐君墓的事,宝剑相赠,重在佩剑者的相知相重,死亡又能阻断什么!我今将《血笛》赠给一位死去的朋友,亦取挂剑之意。

剑或朽，或不朽，可喜的是当年谈剑时的豪情。后人或好剑，或不好剑，但“挂剑台”毕竟是尘沙匝地中的一片风景。